JN039106

御曹司は契約妻を甘く捕らえて離さない

プロローグ

六月、ジューンブライド。花嫁の季節。

梅雨の合間に晴れた今日、私は結婚する。

相手は一ノ瀬(いちのせ)グループの御曹司、一ノ瀬楓(かえで)。二十七歳。俗に言う玉の輿だと思う。

けれど私は彼に恋い焦がれていたわけでもなく、かといって嫌い抜いているわけでもない。彼の事情で契約結婚を申し込まれ、お金が必要だった私が受け入れた、ただそれだけの関係。

新婦控え室では、両親と姉が泣いている。もしかしたら、愛のない結婚だと気づかれているかもしれない。

それは、娘や妹が嫁ぐ喜びではなく、申し訳ないという類(たぐい)のものだったから――私は、挙式当日の花嫁らしくない溜息を零した。

『時間がもったいない。はっきり言えば、俺と契約してほしい』

求愛とは程遠いそんな言葉を受けて、私は彼と契約結婚をするのだから。

＊＊＊

不意に重ねられた唇を、黙って受け入れた。そのまま抱き上げられ、ベッドに運ばれる。

「ん……」

キスが深くなり、舌を絡め取られた。

濡れた音がして、楓さんの舌が口内を撫でる。ぞく、と肌が粟立って――それが快感なのだと知った。

キスを繰り返しながら、唇に指が押し当てられた。ゆるりと撫でられた時、声が零れた。

「ふ……っあ……」

「くすぐったい？」

唇に触れられているだけなのに、全身が震える。唇を撫でていた指が、そっと口内に押し入ってきた。

「ん……っふ、ぁ……」

咥えさせられた指に、思わず舌を這わせる。節のない指を舐めると、楓さんの瞳孔が猫のように細められた。

バスローブをはだけられ、乳房を揉まれる。少し痛いくらいの刺激に思わず声を上げると、楓さんが耳に噛みついてきた。

「っ、ん……！」

耳に愛撫される度、体が震える。気持ちよくてぼうっとなった私を、楓さんがくすぐるように呼んだ。

「桃香」

またキスが降りてきて、同時に乳房が包まれる。大きな手が乳房を揉み、そこから湧く快感に喉を反らすと、首筋に口づけられる。

首、鎖骨、乳房にキスされ、乳首を指先で捏ねられた。

「つぁ、……あ……っ」

零れる声を抑えようと、口元を手で覆う。それでも、声は殺しきれない。

乳首の一方を指で、もう一方を唇で責められ、私は突き抜けるような快感に体を捩った。

「あ、ん……っあ、あ……！」

吸われたり、指で押される度、乳首の感度が上がっていくのがわかる。もう、彼の吐息だけで震えそうだった。

「ん……っ、あ、っあ……！」

乳房が解放され、バスローブを脱がされた。下着越しに秘部に指を添えられる。恥ずかしさに、手で顔を覆った。

するすると撫でられ、ショーツを剥ぎ取られる。剥き出しになった場所に、さっきまで私が咥えていた指が触れた。

「ん……っ」

声は抑えきれなくても、せめて顔は隠したい。楓さんの指が、少し乱暴に秘部を嬲る。くちゅりと濡れた音を立てて、指が差し込まれた。

「――……っ！」

違和感と異物感に、悲鳴を堪えた。痛みはそれほどではないけれど、圧迫感が強い。

「痛いか？」

少しだけ申し訳なさそうな楓さんの問いに、私は首を横に振った。だって、これは仕方のない痛みだ。私が初めてなのは――処女なのは、楓さんのせいじゃない。

そう達観したいのに、もう一本指が押し込まれ、思ってもいなかった痛みに思わず息を呑んだ。

「……っ、あ……っ」

私の体は、押し入ってくる異物に抗うように震えている。この先が怖くて息を殺した時、楓さんが乳房に吸いついた。

「あ……」

突然のことについていけない私の隙をつくように、差し込まれていた指がぐるりと回転する。

「あっ、ん……っ！」

思わず眉を顰めたけれど、楓さんは構わず行為を続けた。違和感が強くなった時、不意に下肢に熱い息がかかった。――私の体の中心に、楓さんが顔を埋めている。

羞恥に耐えかねて脚を閉じようとした時、一番弱いところを愛撫された。

「あ、っあ……っん、あ……！」

全身が、大きく震える。楓さんが吸いついたり歯を立てたりする度、胎内がどくりと脈打つのがわかった。

狭い膣で指が蠢き、押し広げながら弱い部分を擦られる。今まで知らなかった快感に、私は息をするのが精一杯だった。

「つん、あ……っふ……っ、あ……！」

両手の下に隠した顔が熱い。痛いのか気持ちいいのか、それもわからない。ただ、楓さんの指と舌に翻弄されている。

不意に指が引き抜かれた後、腰を抱かれる。熱くて硬いものが、私の中心に宛がわれた。それが何かは、知識としてだけ知っている。

「……っ」

怖くて震えそうになった時、ソレが私の中に挿入ってきた。

さっきまでとは比較にならない異物感と痛みに耐えかねた時、やわらかくキスされた。

下半身を意識から切り離したくて、私は楓さんのキスに溺れた。口内を嬲る舌に夢中になっていたら、体を引き裂くような痛みが襲った。

「つん……、ん、……！」

痛い。痛くて、熱くて、引き裂かれそう。早く終わってほしい。涙が零れ落ちたのを感じた時、楓さんが囁いた。

「痛むだろうが、我慢してくれ」

キスの合間に告げられた我儘に、私は何と答えればいいのかわからない。痛いのに、早く終わってほしいのに――逆らえない。

私をじっと見つめて、楓さんがゆっくり動き始めた。思わず、眉を顰める。

「っ、……ん……っ、あ……！」

痛みと異物感、それから――侵入されている違和感。同時に、ほんの少しだけ、快感が走る。

その快感だけを追おうとした時、体が反転させられた。

「いた……い……っ」

思わず悲鳴を零したけれど、楓さんは背中に口づけながら律動を始めた。――仕方ない、だってそうしないと終わらないことだもの。

わかっているのに、涙が零れるのはどうしてだろう。引き裂くような痛みも、灼けるような熱さも、今更なのに。

「つん、あ、ん……っ！」

耳に残る自分の声は、他人のもののように聞こえた。実際、こんなに痛いのに喘ぐなんて、他人だとしか思えない。

「あ……っあ、ん……！」

強い痛みと、僅かな快感――どちらも厭わしくて、早く終わってほしいと泣きながら、私は最悪の初夜を過ごした。

1．彼の提案

私、眞宮桃香の家は、そこそこの規模の不動産会社を経営している。が、父が内部留保より規模拡大に注力した結果、現状は不景気の煽りを受けて倒産寸前だ。

以来、二十四歳の私と二つ上の姉に持ち込まれるお見合い話は、それなりの結納金を用意してくれる相手ばかりになったけれど、正直、結納金程度では焼け石に水だった。何せ、父の負債は十億円以上になるのだから。

そんな時、旧財閥系の一ノ瀬グループ御曹司からお見合いの申し入れがあった。姉ではなく私を名指ししたことに疑問はあるものの、相手は今までにない資産家だ。条件として実家を救ってくれるなら、どんな相手とでも結婚するつもりだった。

桜が美しい盛りの春の日曜日。吉日を選んで、お見合いの席が設けられた。とはいえ、仲人は不在の簡素なものだ。

私は祖母からもらい受けた薄桃色の振袖を着て、美しい桜並木の道をタクシーで通り抜ける。お見合いの経験は何度かあるけれど、その度に緊張する。

そうして赴いたお見合いの席――都内でも屈指のラグジュアリーホテルのラウンジに着いた私は、事前の打ち合わせの通り、ウェイターに待ち合わせである旨を告げた。

上質な調度品を飾るように花々が生けられ、ふかふかの絨毯を敷きつめたラウンジの奥に、待たせ人がいた。

その人は、呆れるほど容姿端麗な男性だった。私が近づくと、すっと立ち上がる。物憂げな表情がよく似合う美貌と、ダークグレーのビスポークスーツ越しでもわかる引き締まった長身の、モデルのような体型。身につけているものは明らかに一流の品ばかりだった。

これは、私の方こそお断りされても仕方ないと思った。私も振袖で正装してきたけれど、明らかに相手の方が華やかだ。

「一ノ瀬楓です」

一ノ瀬楓――一ノ瀬さんは、声も良い。低すぎないテノールの声は艶やかで、年相応に若く張りがある。

「眞宮桃香です」

このお見合いが仲人を立ててのものではなく、本人のみの顔合わせという形を取っているのは一ノ瀬さんからの要望だ。理由はわからない。

一ノ瀬さんが肘掛け付きの椅子に座り、私はソファに腰を下ろす。帯を崩さないように姿勢を保つのは、バレエを習っていたおかげで体幹が鍛えられているので問題ない。

「早速ですが、私はこの話を進めたいと思っています」

前置きなしの一ノ瀬さんの言葉に、私は手にしたコーヒーカップを落としそうになる。今まで経験したお見合いでは、一応、相手を知ろうとする努力の会話があったはずなんだけど。

「進めたい、とは……？」

「結婚したいという意味です」

その言葉には何の熱もなくて、間違っても「まさかこの美形御曹司が私に一目惚れ⁉」とはならないくらい平坦で冷たい。

「その、釣書は拝見しましたが……いきなり結婚と言われても」

「見合いというのは、結婚を前提にしたものでは？」

冷静に言われて、私は言葉を探した。正論には正論で返すしかない。

「会ってすぐに、何の会話もなく『この話を進めたい』というのは、何かあるんだと思わせるには十分ですが」

私の答えに、一ノ瀬さんは小さく首を傾げた。

「桃香さんは、結婚する気がないのに見合い話を受けたと？」

「そうではなくて！」

思わず強い口調になった私に、一ノ瀬さんはふう、と溜息をついて——態度を一変させた。

「時間がもったいない。はっきり言えば、俺と契約してほしい」

「契約？」

「君の父上の負債の肩代わりと、会社を再建するのに必要な資金を提供する。貸すわけじゃないから返済はいらない」

法的な問題はこちらの弁護士と相談して対処する、と一ノ瀬さんは続けた。この傲岸不遜さを、一瞬でも隠せていたのはすごいと思った。

「その代わり、君は俺の妻として振る舞って、子どもを産んでほしい」

呟き込みそうになった私を咎める人はいないだろう。

「子ども」

「できれば二人以上。性別は問わない。出産後は俺もサポートするが、子どもたちがある程度の年齢になるまでは母親として接してほしい。その後なら離婚に応じる。さっき言った結婚の条件とは別に、普通の離婚として財産分与するし慰謝料も払う」

淡々と説明し、一ノ瀬さんはコーヒーを飲んだ。カップを持つ手つきも優雅そのものだ。

あまりに突拍子もない要求を受けると、人は冷静になれるらしい。私は、妙に落ち着いたまま、一ノ瀬さんの提案について思考を巡らせた。

父の負債を肩代わりしてくれる——これは私が結婚において最優先の条件として考えていたことだ。正しくは援助してもらえればという程度で、丸ごと肩代わりは想定外だけど、ありがたいのも事実。ロマンティストな姉の梨香(りんか)がそんな結婚は嫌だと主張していたから、私がどうにかしなければと思っていた。

更に、事業再建までの資金援助。願ってもない申し出である。

対価は、私の人生。子どもを二人産んで、ある程度の年齢になるまで育児して、その間は一ノ瀬さんの妻として振る舞う——ざっと計算して二十年から三十年というところだろうか。

「……こちらへの条件が良すぎるんですが。約二十年、あなたの妻として振る舞って子どもを育てる、それへの対価が十億円以上って……」

私の疑心暗鬼な問いに、一ノ瀬さんは不思議そうな表情を返してきた。

「君は二十四歳だったか。女盛りを支払ってもらうには、この条件は必要な対価だと思う」

そっとコーヒーカップをソーサーに戻し、一ノ瀬さんは真顔で言った。

「妻として振る舞うだけでなく、出産と育児も要求している。きちんとした対価を払わないと申し訳ない」

確かに、妻として振る舞うだけでなく出産も必要となると、さっきの条件は妥当なのだろうか。残念ながら、契約結婚の相場なんてものは知らない。

「……」

私が思案していると、一ノ瀬さんは答えを迫ってきた。

「今この場で返事が欲しい。俺の方も都合があって、君が駄目なら他の女性を当たらなければならないから」

ここでの会話の口止め料は払うと続けた彼に、本当にこれは契約結婚の申し入れなんだと実感した。

「私、箱入り奥さまにはなりたくないので、仕事をしたいんですが」

「そのことなら、君の経歴を見た。今の職場は退職してもらって、俺の第二秘書にと思っている」

「一ノ瀬グループの次期会長の秘書ですか……」

務まるだろうかと思った私に、一ノ瀬さんは説明を続けた。

「事業の進捗やビジネスに関することは第一秘書の月足がいるから、君に頼むのはそう面倒なものにはならないと思う。一応、秘書という役職になる、という程度に思ってくれていい」

妻同様、お飾りということだ。そこまで言って、一ノ瀬さんは私を見つめた。綺麗な漆黒の瞳が映える美貌は、神秘的で幻想的だ。

「わかりました。お受けします。ですが」

私からも、融資以外に条件がある。それほど無理なものではない、とは思うけど。

「契約結婚であることは、私の家族には言わないでください」

「もちろん。俺の家族にも言うつもりはない。――じゃあ、契約に移ろうか」

一ノ瀬さんが立ち上がったので、私も席を立つ。そのままラウンジを抜け、受付の前も素通りして、一ノ瀬さんはエレベータの前で歩みを止めた。

「あの……？」

流れでついてきてしまったが、どこに行くのか。

「あそこで契約を交わすわけにはいかないからな。部屋を取ってある。そこで書面を見てサインしてほしい。印鑑がないなら、とりあえずは拇印でかまわない」

「実印は持ち歩いてます」

バッグの中の、更にポーチの底に入れてあるので、紛失の可能性は低い。ただしバッグを落としたらそれまでなので、持ち歩きには注意している。

「不用心じゃないのか」

「実家に泥棒が入ったことがあるもので」

私の答えに、一ノ瀬さんは眉を顰(ひそ)めた。綺麗な顔立ちだから、そんな表情も絵になる美しさだ。

「防犯セキュリティは？」

「簡易なものだったので。今はそれなりのものに変えてます」

私がそう答えた時、エレベータが開いた。一ノ瀬さんがカードキーをかざすと、最上階の数字が点灯する。

「君は、見合いとして家を出てきたんだな？」

「はい」

「なら、あまり遅くならないようにする。重要なものだけ確認して、細かいところのすり合わせはまた後日に」

「わかりました」

頷いた私に、一ノ瀬さんは満足そうに笑った。「感情の機微に疎い」と家族に評されている私でも一瞬ドキッとしたくらい、綺麗で邪気のない微笑みだった。

スイートルームの中でも特に高級だろう部屋に着き、一ノ瀬さんが扉を開ける。ホワイエを通り抜けた先に、リビングスペースがあった。

ゆったりとした造りのソファに座った一ノ瀬さんが、向かいの席を勧めてくれたので私も腰かける。ここでも帯を保護、姿勢維持は崩せない。

「契約書の雛形だ」

そう言って一ノ瀬さんが見せてくれたのは、本当に契約書だった。

大雑把な婚姻期間、子ども、財産分与その他。結婚に伴い、私が受ける資金援助と負債の肩代わり。それらが一つひとつ丁寧に説明されている。

「子どもについては、もし私か一ノ瀬さんのどちらか、あるいは双方が不妊症だったらどうなりますか？」

「そうか。その可能性があったな。……ブライダルチェックを受けて、不妊症だとわかった場合は子どもは無理強いしない。ただし、うちの親が子どもを諦めてくれるまでは夫婦として過ごしてほしい」

私の指摘にそう答えると、一ノ瀬さんが立ち上がる。どうしたのかと見つめていたら、室内のミニキッチンで紅茶を淹れてくれた。

「すみません、気が利かず」

「振袖で茶を淹れるなんて技術は、茶道の時だけでいいだろう」

その話し方から、私が茶道華道香道を習っていることを彼は把握しているようだ。釣書にきちんと目を通しているらしい。

「契約について質問してもいいですか？」

一ノ瀬さんがソファに座ったタイミングで、私は質問することにした。受けるつもりの契約とはいえ、気になることは多々ある。

「どうぞ」

「どうして、十億円以上も払って私と結婚を？」

あまりにも契約の準備が整いすぎている。私の問いに、一ノ瀬さんは気怠げに首を傾げた。

「そろそろ、財産目当てで寄ってくる女が鬱陶しい」

「はあ」

財産目当てじゃなく、一ノ瀬さん自身を好きな人もいるんじゃないかな。それほど綺麗な人だ。

「親もうるさいし、結婚して身を固めるしかないと思った。が、適当な人材がいない」

女性ではなく人材と言う辺り、とことんビジネスライクな人だと思う。

「別に結婚後に女遊びするつもりはないが、束縛されるのも好きじゃない。でも子どもは欲しい。

そんな俺の自己中心な事情に付き合ってくれる人材となると、な」

白磁のティーカップに口をつけてそう言うと、一ノ瀬さんは長い足を組んだ。いわゆる俺様座りが、この上なく様になっている。

「ある程度、金で動いてくれる人材がいい。加えて、当人にも特技が欲しい」

「お金の面はわかりますが」

何せ十億円の負債だ。これを肩代わりしてもらう恩は計り知れない。

「私には特技というほどのものはありませんが」

「見合いの釣書を見ていたら、君の『趣味』にはフランス語とスペイン語とあった。どの程度話せる？」

「フランス語は、ビジネス文書くらいでしょうか。専門書は辞書が必要です。スペイン語は日常会話なら何とか」

私はフランス古典が読みたくて勉強した結果、その分野なら辞書なしで読み書きできる。短期だけどフランスに留学もしたので会話はできるものの、経済学の専門書は難しい。スペイン語に至っては、バスク地方で必要に応じて覚えた程度だ。

「十分だ」

頷いて、一ノ瀬さんは言葉を続けた。

「レセプションやパーティーでは、フランス語が重宝される。俺だけじゃなく、妻も話せるに越したことはない」

優雅な所作で紅茶を飲み、一ノ瀬さんは私を見つめた。正面、横顔、どの角度から見ても非の打ち所のない美形で羨ましい。

「つまり、ある程度はお金で動かせて、且つあなたの邪魔にならない程度の妻が欲しいと」

「そういうことだ」

一ノ瀬さんは、理解が早くて助かると言った。

「私もお金目当てで結婚しますが、一ノ瀬さんも」

「楓でいい」

「……楓さんも、私の邪魔にはならないようにしてくれる、ということでいいですか」

「邪魔？　俺が？」

「ええ。私、あなたの第二秘書になるんでしょう？　仕事に家庭の事情を持ち込まれたくないので」

例えば喧嘩した時、それを職場でまで引きずられても困る。そこは私も気をつけないといけないけど。

「お互いの利益を考えての契約ですよね？　私、負債を肩代わりしてもらう恩はありますが、それは結婚生活で返済するつもりです。それから、子ども……お金の為に子どもを産むというのは私の倫理観に反するので、積極的な妊活はしたくありません」

さっきは、あまりの好条件に一も二もなく頷いてしまったけど。

お金の為に子どもを産むのは、何だか人身売買のようで嫌だ。「必要だから産む」というのもわからなくはないけれど、私が私の意思で契約結婚するからといって、生まれてくる子どもに迷惑をかけたくない。

……まあ、お金の為に結婚するのも大概ではある。

「わかった。子どもについては授かりものとして除外しよう。ただ、授かった場合は子どもが独り立ちできるまで『親』として育てたい。婚姻期間をその分延長できるか？」

「わかりました」

私の希望を汲んでくれた楓さんに感謝する。こちらの希望も聞き入れてくれるなら、先にはっきり言っておいた方がいいので、私はもう一つの懸念を伝えることにした。

「それと、性行為ですが。子どもを授かる為にも拒否はしませんが」

「そうしてくれると助か――」

「私は未経験なので、そこを考慮していただけると嬉しいです。ブライダルチェックは、エコーや血液検査なら受けますが、内診はちょっと遠慮したいというのが本音です」

「……つまり、処女？」

私のあけすけな表現に数秒沈黙した後、楓さんが確かめるように訊いてきた。

「はい」

「男女交際の経験は？」

「ありますというよりは、なくはない程度のものです」

「……そうか」

ソファに背を預けるように深く座り直して、楓さんは髪をくしゃりとかき混ぜた。困惑しているらしいことは、何となく窺えた。

「すみません、お手数おかけします」

私が謝ると、楓さんは微妙な顔になった。

「いや……謝られることでもない」

確かに、契約結婚の相手としては、異性関係が派手よりはマシなのかもしれない。

私が一人で納得したところで楓さんも動揺を落ち着かせたらしく、連絡先の交換になった。アプリを起動してＩＤを交換し、携帯番号も登録する。ついでにメールアドレスも教えて、さっき見せてもらった契約書の雛形の送付を依頼した。

「この契約については口外無用なのはわかりますが、お互いの家族にも秘密でしたよね？　今日のお見合いで突然結婚が決まったとなると、それなりの理由がないと苦しいです」

「ああ。俺が君の経歴を気に入っての見合いで、会ったらお互い意気投合したから話を進めたことにしてほしい」

「でも、フランス語ができる程度のことなら、楓さんの周囲にはたくさんいそうですが」

私の疑問に、楓さんは肩を竦めてみせた。

「確かに、何人かはいた。が、俺の好みじゃなかった」

「好みですか……」

そこ、重要なんだ……？　まあ、結婚するなら大切なことだけど、契約ならどうでもいい気がする。

「仕事の上での好みだ。彼女たちの背後にある親や親戚関係が面倒だった。その点、君の実家は問題ない」

眞宮不動産はそこそこの規模で関東を中心にいくつか支店もあるけれど、一ノ瀬グループとは比較にならない。それが、彼の希望にはちょうどよかったんだろうか。

「お金で黙ってくれないお家柄の方々だったということですか？」

「いや、むしろもっとよこせと言われかねなかった」

それは確かに困るだろう。だけど、私との契約で負債十億円プラス今後の運転資金を支援してくれる楓さんが辟易する金額って、一体いくらなのか。

「そういうわけで、金で動いてくれて、且つ理不尽な要求をしそうにない家の娘となると、かなり絞られていた。その中で、フランス語が堪能で英語とスペイン語もできるのは君だけだった」

そんな事情で私が選ばれたのか。語学を勉強しておいてよかった。そう思うくらい、この契約は私には願ってもないものだ。

「それで、今後の流れだが」

「はい」

「今日の時点で、俺も君もお互いを気に入って、結婚前提の交際を開始。二、三ヶ月、デートでもして仲を深め、その後婚姻届提出を予定している」

「わかりました」

私が頷くと、楓さんは指を顎に当てて少し思案した。

「結婚式は」

「私は興味がないのでお任せします」

「わかった。一ヶ月で結婚を決めて、そこから挙式の準備に入ったことにする」

そんなに簡単に進むものだろうか。私はともかく、楓さんは一ノ瀬グループの御曹司だ。そんな人の結婚式となると、相応の準備が必要になるのでは。

「交際開始から一ヶ月でプロポーズという設定で結婚式の準備をする。式場はうちのブライダル部門に任せるし、招待客は……少し慌ただしくなるが、欠席でも問題ない」

むしろ欠席してほしいように聞こえるんですが。

今日から一ヶ月交際して結婚を決め、そこから二ヶ月かけて挙式の準備……という流れでいいのかな。

私の確認に、楓さんは頷いた。

「女性の方が支度は大変だろうから、君には苦労をかけるが」

「契約の一環ということでお受けします」

「すまないな」

少しだけ申し訳なさそうに言う楓さんに、私は苦笑した。私の方こそ申し訳ない事情がたくさんあるんだから、謝らなくてもいいのに。意外に律儀な人なのかもしれない。

「結婚式の費用ですが」

「それは俺が出す。結納も交わすつもりだ。少なくとも、金銭面では君に負担はかけない」

「ありがとうございます。お言葉に甘えます」

私も少しは貯金があるけれど、楓さんが考えている挙式費用には絶対に足りない。半額どころか一割に届くかも怪しい。婚約指輪のお返しは、気持ち程度になりそうだ。

「今日はここまでにしておくか。次は君の都合に合わせる。いつがいい？」

「土日祝日でしたら大丈夫です」

「なら、次の土曜日、十時にこのホテルのラウンジで」

「わかりました」

――こうして、私と彼の結婚は仮契約された。

帰宅した私は、和室に入って振袖を脱いだ。代わりに、飾り気のないひよこ色のルームウェアに袖を通すと、いかに着物が体を締めていたかわかる。

すぐにクリーニングに出せるよう振袖や和風下着を片づけていたら、姉が声をかけてきた。

「桃香ちゃん、パパとママが呼んでる。リビングに来て」

「はーい」

お見合いの結果について聞きたいのだろう。どう答えるかは私に一任されているし、答えの方向性も決まっている。

立ち上がった私は和室の障子ガラスを開け、そこに立っていた姉を見て絶句した。

「お姉ちゃん……？」

姉は大きな目に涙を溜めていたのだ。涙もろい性格なのは知っているけれど、今は何を嘆いているのかわからない。

「ごめんなさい……私がお見合い結婚は嫌だって言ったから、そのせいで桃香ちゃんに……」

「今日のお見合いは私を名指ししてたから、お姉ちゃんの代わりじゃないでしょ」

「うん……でも……」

二つ年上の姉は、大学卒業後は跡取りとして父の会社で働いている。それもあってか、典型的な箱入りお嬢さまで世間に疎い。

「私は気にしてないから、お姉ちゃんも気にしないで。お父さんたちが呼んでるんでしょ？　早く行かなきゃ」

「……うん」

涙を拭って、姉が頷く。そんな姉を宥めながら、私は両親の待つリビングへ向かった。

コンコンコンと扉をノックし、返事を待たずに室内に入る。吹き抜けの広いリビングは開放感はあるが、プライバシーはない。

ソファに座った父と母に促され、私と姉もそれぞれの定位置に腰を下ろした。

「桃香。今日の見合いは……」

「いい人だった。結婚を前提にお話を進めたいって言われたから、お受けしてきた。来週、デートの予定」

私の答えに父が黙り、母が身を乗り出してきた。

「あちら、一ノ瀬グループの御曹司でしょう？　あなたのどこをそんなに気に入ったの」

母は、いつものことだが娘に容赦がない。

「桃香ちゃんは可愛いでしょ⁉」

私の代わりに姉が抗議すると、母は溜息をついた。

「確かに顔は可愛い方だとは思うけれど、情緒がね……それに、身内贔屓というものがあるじゃない。あちらは誰が見ても綺麗な方だし」

「何故か、気に入ってくれたみたい。もちろん、この先破談になるかもしれないけど、少なくとも今のところは結婚前提」

まだ、負債の肩代わりやその他の資金援助については話さないことにした。あんな超一流グループの御曹司が、会ったその日にそこまでするほどの魅力は、私にはない。

「桃香。もし、会社のことで無理しているなら……」

言いかけて、父はもどかしそうに口ごもる。私は、父を安心させる為に笑ってみせた。

「してない。話してみたら思ったより気さくな人だったし、結婚してもいいかなって思ったの。あちらもそう。まだ、結婚するかもっていうだけで、決めたわけじゃないし。だからデートして、お互いの気持ちを確かめるの」

「本当に、無理はしてないんだな？」

「会社の為に好きでもない人と結婚しなくていいのよ、桃香」

両親も姉も、私を心配してくれる。嘘をつくのは心苦しいけれど、私は「身内への表情は百面相なのに、情緒が死んでいるから本心はわかりづらい」そうで、この時も複雑な心情は顔に出ることはなかった。ちなみに他人に対しては殆ど無表情らしいので、情緒面を心配されるのは仕方ないと思っている。

「大丈夫。それよりもし本当に結婚になったら、お姉ちゃんより先にお嫁に行くことになるけど、いいかな？」

「そんなの気にしない。でも、桃香ちゃん……」

本当に嫌じゃないの？　そう不安げに問う姉は、とても過保護だ。

「もう、お父さんもお母さんもお姉ちゃんも！　楓さんに失礼だよ」

わざと拗ねたように言ってみせると、両親と姉はやっと安心したのか、全身から緊張が解けた。

その空気がまた「心配」に変わる前に、私は外出することにした。

「お着物、クリーニングに出してくるね。帰りにコンビニに寄るけど、何かいる？」

「父さんはいい」

「お母さんも特にないわ」

「私、チョコレート」

「わかった。ナッツのチョコね？」

姉の好きな種類を確認し、私は手を振りながら部屋を出た。

——めちゃくちゃ焦った……！

廊下に出た瞬間、笑顔を貼りつけていた顔が強張る。無理はしていないけれど、会社の為に結婚する気ではないかと言われた時は、ちょっと心臓が跳ねた。

今後は、私の演技力が試されることが増えそうだ。本音を表情に出さない、尚且つ不自然に思われない演技。私は感情の機微に疎いけれど、家族には百面相らしいから気をつけないと。

そう思いながら和室に向かい、畳紙に包んだ着物や長襦袢などの小物を紙袋に入れた。


翌週、私は勤務先でのランチを早めに終え、昼休みに就業規則を読んだ。楓さんとは仕事について詳しく話していないものの、確か私を第二秘書にするという話だった。今の仕事は退職してほしい、みたいなことも言われたし。

退職の規定を読むと、退職一ヶ月前までに上司に報告、有休消化も認めると書いてあってほっとした。

今週末、楓さんに会ったら退職のタイミングも相談しなくては。私は脳内のＴｏ　Ｄｏリストに記録して、就業規則のページを閉じる。

今の仕事——中堅の貿易会社の海外営業事務は自力で就活して選んだから、辞めるのは惜しい。でもこのままでは十億円以上の負債分を稼げるはずもないので、この点は楓さんの意見を通すしかない。

私は、取引先や仲介会社から届いていた未読のメールを確認し、フランス語を英語や日本語に翻訳して一日の勤務を終える。

定時で終われたので、通勤ラッシュに巻き込まれることを覚悟して駅に向かう。その途中、バッグの中のスマホがヴーッと鳴った。

道の端に寄ってスマホを見たら、昨日連絡先を交換したばかりの楓さんからのメッセージ着信だった。そのままメッセージを開くと、デートという名の打ち合わせについての連絡だ。

「——服装はドレスコードに違反しない程度で、ですか……」

思わず溜息をついた。つまり、ドレスコードがあるお店での食事ということだ。そういった作法は幼少期から身につけさせられてはいるけれど、ほぼ初対面の男性と二人で食事というのはあまり楽しくない。

……返事は、帰ってからにしよう。既読はついてしまったけど、即返信しろなんてことはおそらく言われないだろう。言われたら、できない場合もあると主張すればいいだけだし。

負債の肩代わりという点で多大な恩を受ける予定ではあるものの、楓さんも必要に迫られての契約結婚だ。対等かどうかはわからないけど、私は卑屈になるつもりはない。

手帳タイプのスマホケースをぱたんと閉じ、私は足早に駅へと急いだ。


四月とはいえ、夜は冷える。桜は満開なので、これは花冷えというものだろうか。

父と姉は残業だったので、母と二人の夕食を終える。その後は少し長めに入浴し、部屋に戻ってドライヤーで髪を乾かした。胸元まである髪の毛先が傷まないよう、ヘアトリートメントを付けておく。

その時になって、私は楓さんへの返事がまだだったことに気がついた。時計を見たら二十時。今から返信しても失礼な時間ではない。

「わかりました。ワンピースで行きます。――送信、と」

オフホワイトのチュール生地にピンクベージュのレースと刺繍をあしらった、ロング丈のワンピースは、この春買ったばかりで一度も着ていない。それにシルバーのレースパンプスなら、お食事には問題ない……と思う。

ただ、そういうファッションだとバッグは小さめにしなくてはいけない。契約の打ち合わせにタブレットを持ち込みたかったけれど、ＵＳＢにするしかなさそうだ。

クローゼットの中を眺めてそう考えていたら、メッセージアプリの着信音が鳴る。

『食事の好みは？』

素っ気ない問いかけに、私も端的に返信した。

「好き嫌いもアレルギーもありません」

少しして、更に返信が届く。

『フランス料理を予約しておく』

了解です、とスタンプを送って、私はベッドに寝転んだ。

私が望んだ契約結婚。それを知らない家族の疑念はなかなか解けない。誤魔化し続けるのも気詰まりなので、いっそのこと早く結婚したいと言ったら、楓さんはどんな反応をするだろう。

「まずは退職の相談からだけど」

呟いた後、私は体を起こしてスマホを取り、秘書の仕事について検索した。何冊かお勧めの書籍も紹介されていたので、購入する。

――こういうところが生真面目で融通が利かないって言われるんだけど、性分だものね。

私はスマホをテーブルの上に置いて、今度こそ眠る為にベッドに潜り込んだ。

＊＊＊

先日お見合いしたホテルまでタクシーに乗り、料金を支払ったタイミングでドアマンがさりげなく近づいてくる。待ち合わせですと告げると、既に楓さんは到着しているらしく、その席まで案内される。

お見合いの時と違うのは、その席がどちらかというと入り口に近いこと、それから楓さんのスーツが少しカジュアルにドレスダウンしていることだ。プルシャンブルーのスリーピーススーツにベビーピンクのシャツ、ネクタイは深いローズマダー色で、桜の花型のラペルピンが綺麗だった。

男性が着こなすのは難しそうな華のある組み合わせだけど、彼の為だけに誂えたように似合っている。それに、私のワンピースとは図らずしもリンクコーデになってしまった。

私に気づいて、楓さんが手を挙げる。その向かいに座ると、すぐにウェイターが来たので、アイスティーを注文した。

「どこか行きたい場所はある?」

さほど興味なさげに訊かれ、私は首を横に振った。

「いいえ、特にありません」

「そうか。——反応しないで聞いてほしいんだが」

「はい?」

「このラウンジに一組、うちの両親が手配した興信所の人間がいる」

何気ない口調で言われた内容に、飲み物を口にしていなくてよかったと思う。思わず咽せるところだった。

「君との見合いの後、すぐに話を進めたいと言ったのを不審がっているみたいだな」

「私も疑われましたけど……さすがに興信所はつけられてませんよ?」

「俺も、好ましく思ったとしか言ってない。残念ながら、両親の信用は得られていないらしい」

楓さんが淡々と告げた直後、私の前にアイスティーが置かれた。ミルクだけ入れてストローを差し、一口飲んで気持ちを落ち着かせる。

「それで……？」

「楽しげに会話しているのを見せるか、デートの様子を見張らせれば納得するだろう。今日は契約の細部を打ち合わせしたかったが、初回のデートでホテルの部屋に入るのは君の印象を悪くする」

「でしょうね」

私はその意見に頷いた。身持ちの悪い女だと思われては困る。この先、二十年か三十年は楓さんの妻として生きるのだから、ご両親に悪印象は持たれたくない。

「買い物にでも行くか」

「何を買うんです？　初回から男性にプレゼントしてもらう女というのも、あまりいいイメージはありませんが」

「それもそうか」

楓さんも納得したが、そうなると本当に行き先が決まらない。私はアイスティーを、楓さんはコーヒーを堪能しながら、お互いしばらく無言で考える。

映画は、興信所の人たちに見張らせるのが難しいから却下。遊園地も、今日の私たちはそんなカジュアルなファッションではない。

会話が少なくて、でもそこそこ楽しそうに見える場所……水族館？　それとも美術館？

「水族館か美術館でどうでしょう」

「水族館は行ったことがない」

「楓さんが興味ないなら、美術館でもいいですよ。会話しなくていいですし。楽しそうに笑う演技くらいは私にもできます」

私が答えると、楓さんはスマホを取り出して何か検索し始めた。都内の美術館の展示内容を調べているらしい。

「今なら、至高のジュエリー展というのが人気らしい」

「私は興味ありませんが、女性人気は高そうですね」

「そこは妥協してくれ。刀剣展示もあるが……日本刀ならうちにも何本かあるしな。俺がわざわざ観に行くほどの関心がないことは、親は知っている」

それはつまり、一ノ瀬家は国宝レベルの刀剣を個人所有しているということだろうか。しかも複数。

「水族館……か」

そう呟いた楓さんの表情が、少しだけやわらかくなっていることに気づいた。やわらかいというか、わくわくしているように見える。

これは――もしかしなくても、水族館に行きたいのではないだろうか。

「……楓さん。水族館に行ってみたいんですか？」

私の言葉に、楓さんは一瞬にして無表情になった。図星だったらしい。意外とわかりやすい人なのかもしれない。ちょっと可愛いと思ってしまった。

「水族館に行きましょう。大丈夫です、楽しい会話でなくても笑顔をキープしますから」

私はハイジュエリーには興味がないし、水族館も久しぶりだ。どちらでもいいので、楓さんの行きたい方に合わせることにした。私も楓さんも、水族館デートにしては少し浮きそうなファッションだけど、そこは仕方ない。

「ありがとう」

小さく笑いながら礼を言って、楓さんが立ち上がる。途端、ラウンジ内の女性たちが静かにざわめいた。

「あ、私、払います」

「このくらいは奢らせてくれないか」

そう言われたら、食い下がることもできない。だけど、夕食だけは絶対に割り勘にしてもらおうと心に誓う。

「それから、桃香さん」

「はい？」

「その服、君に似合っている」

さらっと言って、楓さんは伝票を持ってレセプションに向かった。……褒められ慣れていない私の頬が熱くなったのは、仕方ないと思う。何というか、女性の扱いが自然体でスマートな人なんだなと感心した。

どうせ水族館に行くなら、行ってみたいところがあったのでそこをお願いしてみた。水族館未体験の楓さんにとってはどこでもいいらしく、すんなりOKしてくれる。

タクシーに乗って目的地に着いた後、楓さんがチケットを買ってくれた。自然に会計しているから、私はお財布を出すタイミングを失ってしまう。

「……奢られてばかりです」

私たちは恋愛関係じゃないから、奢られるのは気が引ける。いや、恋愛関係だとしても奢られっ放しというのは、私は嫌だ。まして、私と楓さんは契約結婚する「取引相手」だ。奢られる道理はないと思う。

そう思って不満を口にすると、楓さんが小さく首を傾げる。

「デートは男が払うものじゃないのか？」

「そういう場合もあるとは思いますが、私は自分の分は払いたいんです」

私の答えに、楓さんは頷いた。

「わかった。なら、中のカフェでは個別に払おう」

妥協したように言われたけれど、私が気になってしまうのは夕食の方だ。

「ディナーは俺に格好をつけさせてほしい」

先手を打たれてしまった。でも、万単位——ワインを入れたら十万単位のお食事をご馳走になるのは気が引ける。

そう思っていると、楓さんは諭すように言葉を重ねた。

「俺にも世間体というものがある」

「世間体？」

「馴染みの店を予約したから。――女性と一緒なのに支払いは別というのは、少し困るんだ」

楓さんが「馴染み」というほどのお店なら、従業員教育はしっかりしているだろうから、空気を読んでくれると思うんだけど。

でも、そういう懸念はわからなくもない。一応、私の意見も提案してみた。

「じゃあ、お店を出た後で精算するというのは？」

「それはそれで気が進まない。君の厚意だけ受け取っておく」

そんな会話を、私たちは興信所の調査員にどう見られるか意識し、微笑みを貼りつけてこなしている。楓さんがチケットを渡しながら少し身を屈め、私の耳元に唇を寄せた。

「――俺の後ろ、黒のシャツにジーンズの男と、花柄のプリントドレスの女。それが興信所」

声を潜めた囁きは、ぞくっとするほど甘く響いた。楓さんは顔立ちだけでなく骨格も綺麗なので、声も良い。その艶やかな声に、彼は男の人なんだと強く意識させられた。

「わ、かりました」

思わず返答に詰まった私を不思議そうに見つめて、楓さんが離れる。そこそこの人混みの中だから目立たなかったとは思うけれど、綺麗すぎる顔のアップと色気のある声のダブルパンチは心臓に悪い。

「は、入りましょう」

やや挙動不審な自分に気づかれないよう、私は楓さんに先を促した。

春ということで、水族館内は桜をテーマにした演出がされているらしい。

舞い散る桜吹雪や満開の桜を、彩り豊かなグラデーションで演出した空間。そこに配置された透明な円柱型の水槽の中で、煌めく光にライトアップされた魚たちはとても美しかった。写真を撮っている人たちもいる。私は記録ではなく記憶するタイプなので、とにかく観賞した。

「綺麗ですね」

「そうだな。クラゲがこんなに綺麗だとは思わなかった」

微笑む楓さんの横顔も綺麗だ。幻想的な空間を抜けて先に進むと、今度は海中トンネルのような場所に出る。

「わあ……」

水の中にいるような不思議な感覚に囚われ、私は思わず見惚れていた。その時、隣にいたカップルの女性にぶつかりそうになってしまう。

「危ない」

瞬間、少しだけ強く楓さんに抱き寄せられる。すんでのところで、衝突を避けることができた。

相手の女性と謝罪の会釈をし合って、私は楓さんの胸元から離れた。

「すみません……」

「いや。俺こそ、乱暴に扱ってしまった」

謝罪したら逆に反省されてしまったので、私は表現を変えた。

「助けてくれて、ありがとうございます」

「……ああ」

今度は、楓さんも少し微笑んだ。気遣いに気遣いで返してくれる人は、いい人だと思う。

「手を繋ぐか」

「そこまで子どもじゃありません」

「さっきの二人は腕を組んでいたから。俺たちも、デートらしく見えるように」

そう言って差し出された楓さんの手に、私は躊躇いながら指を絡めた。私の手を包み込むくらい大きな手は、爪の形まで綺麗だった。

私たちが海中トンネルのような通路を抜けた頃には、周りの人も少し減った。もっとゆっくり堪能するものなのかもしれないけれど、私は繋いだ手が恥ずかしくてそんな余裕がない。

「イルカのショーがあるみたいだ」

見ていくか？　と問われ、頷く。少なくとも、座ったら手を繋ぐことは終わるはずだ。

プールを囲む観客席はまだ余裕があったので、真ん中くらいの場所に並んで座る。休日なのにスーツ姿の楓さん、フォーマルなワンピースの私は、周囲からはやはり少し浮いていた。

「私たち、浮いてますね」

「そうか？」

いつもこんな感じだと言って、楓さんはステージになるプールを眺めている。この浮世離れした綺麗な人は、周囲の視線は気にならないらしい。若い女性連れが何組もこちらをチラチラ見ているのに。

「イルカだけじゃなく、ペンギンもショーをするのか」

プールサイドにペンギンの群れが現れたのを見て、楓さんは感嘆したように呟く。本当に水族館は初めてなんだなあと思うけれど、私もそんなに詳しいわけではない。

飼育員の女性が現れ、挨拶した後でショーが始まった。ここにも桜の映像が投影され、光と音で更に華やかになっている。

プールの中の女性に指示され、舞うように高くジャンプするイルカ。飼育係の手から餌を食べ、もっととねだるペンギン。器用なその様子に、私はずっと拍手していた。隣を見ると、楓さんも楽しそうだ。

「――そろそろ終わりか？」

ショーが終盤になった時、腕時計を見て楓さんは私の肩に軽く触れた。

「出よう。カフェが混みそうだ」

「はい」

可愛いイルカが名残惜しくて振り返りながら通路に戻っていると、楓さんがくすっと笑った。

「イルカのぬいぐるみなら、買わせてもらうが」

「……自分で買います」

顔を合わせたのは今日で二回目。なのに、私たちはそんな軽口が叩ける程度に打ち解けていた。

水族館の中のカフェは、海をイメージした水槽があり、深い青と白い壁のコントラストが綺麗な空間だ。私は座り心地のいいソファ側を勧められ、楓さんが向かいの椅子に腰を下ろす。

時間的にお昼を食べてもいいのだけれど、私は夕食が「ディナー」になる場合は、昼食を抜くようにしている。でないと、コースの最後まで入らなくて、お店に失礼になってしまう。

だから軽くパンケーキと桜のアイスラテにしておく。楓さんはラテアートが気になったらしく、カフェラテとクラブハウスサンドイッチを選んだ。

少し待って、運ばれてきた料理をそれぞれ口にする。店内の雰囲気からしてお洒落優先かと思っていたけれど、かなりおいしい。

「あの、相談しておきたいことがあるんです」

「今？」

「早い方がいいんですが……ここだと内密にとはいきませんね」

「例のことに関わる内容なら、夕食の時に聞く。個室だから」

楓さんの答えに、私はほっとして頷いた。退職についての相談は、週明けには上司に相談できるよう、今日のうちに済ませたい。

そんな私に、楓さんが少し困った顔で問いかけてきた。アーモンド形の綺麗な目は、手元のマグカップを見つめている。

「……これは、どうやって飲めばいい？」

「ラテアートですよね。私は一通り見たらそのまま飲みます」

「そのまま？　そういう作法なのか？」

「作法ではないと思いますけど、眺めてても冷めますし」

私は情緒に無頓着なので、ラテアートも「可愛い」と眺めた後はおいしくいただくことを優先する。でも、楓さんはラテアートは今回が初めてらしいし、ココアパウダーで描かれているイルカは確かに可愛い。

「スマホで撮影して、後で見返すのはどうですか？」

「そうする」

おそらく一般的だろう方法を提案すると、楓さんはスマホを取り出してパシャリと無造作に撮影した。ＳＮＳ映えは気にしないらしい。まあ、そもそもＳＮＳはやっていないだろう。

私は、桜のラテにストローを差した。鮮やかなピンクのラテは、苺の味と桜の香りが程よくミックスされていておいしい。

「この後は、どうする？」

楓さんは、ちらりと背後に視線を向けた。その先に、入り口で見た興信所の男女がいる。

「夕食の予約は何時ですか？」

「十八時」

私が自分の腕時計を見ると、十三時を過ぎたばかりだった。あと五時間もある。

「なら、買い物に付き合っていただけたら」

「欲しいものがあるのか？」

「羽織るものを忘れたので、ストールか上着を買いたくて」

十八時からディナーなら、家に帰るのは二十一時を過ぎる。春とはいえ、袖丈の短いワンピース一枚では少し肌寒い。

「それは、俺が払うのは……」

「駄目です。私の私物ですから」

初回のデートでディナーをご馳走にならざるを得ないのに、服まで買っていただくわけにはいかない。

「お店の格式はどのくらいですか？」

「君のその服で問題ないと思う」

「わかりました。買い直す覚悟もしていたので、よかったです」

お店は空調が整えられていると思うけれど、温度設定はスーツの男性に合わせている可能性があるので、脱いでしまうコートよりはボレロがいいかもしれない。

「……服を一枚買うのに、五時間かかるのか？」

「そこまで時間はかけませんが」

ちょっと引いた感じで質問され、私は苦笑した。ウィンドウショッピングでもないし、買う物が決まっているから、そんなに時間はかからないと思う。

ただ、そうなると十八時までの時間潰しに困るのである。そのことを察したらしい楓さんが、僅かに首を傾げた。可愛らしい仕種なのに、艶やかに映るのは何故だろう。

「この後、買い物をしてから行けそうなところとなると……」

「どうせなら美術館にも行きます？　至高のジュエリー展」

「いいのか？　俺と行ったら買わされるぞ」

宝石展というものは、展示するだけでなく販売も兼ねている時がある。

たぶん私は渋い顔をしたのだろう、楓さんが笑う。面白い玩具を見つけた子どもみたいな笑い方で、綺麗だけど可愛い。美形は得だなあ。

「婚約指輪用の石を選んでもいいが」

「早すぎます。疑われます」

「結婚前提のデートだから、早すぎるということもないんだがな」

「まだ、結婚を決めたわけではない設定です」

私たちは声を潜めて――二つ後ろの席に座っている男女に聞こえないよう会話した。私はスマホを手に取って色々な展示会を検索し、そして悲鳴を飲み込んだ。

何故、これを見落としていたのか。できることなら、大学院に進んで研究したいとさえ思っていたものなのに。私が院に進まなかったのは、代わりに留学させてもらったからである。

「楓さん。行きましょう。服はさっさと買いますから、急ぎましょう」

「どうした？」

「フランス古典文学の展示があるんです。規模はとっても小さいですけれど！」

百貨店の催事場という限られたスペースで、フランス古典文学をテーマにして絵画や原本の展示が開催されていた。たぶん、絵画の販売がメインで原本展示は僅かだと思うけれど、どうしても観ておきたい。

私の静かな熱意に圧されたのか、楓さんが了承してくれたので、私たちはカフェを出て売店に行った。そこで大きなイルカのぬいぐるみを買って発送手続きをした後、フランス古典文学展示会が行われている百貨店に向かった。服は、そこのレディースフロアで買えばいい。


レディースフロアに着くなり、私は目についたセレクトショップに入った。すぐに店員の女性が近づいてきてくれたので、今日のワンピースに合わせた上着が欲しいと相談した。ちなみに楓さんは、私の隣で興味なさげに立っている。

「そのお召し物に合わせるようでしたら、こちらのボレロは如何でしょう。この春の新作です」

店員さんが選んでくれたのは、薄い桜色のボレロだった。試着してみると、このワンピースによく似合う。

「楓さん。どうでしょう？」

この服でディナーは大丈夫かという意味で訊いたら、楓さんは私をじっと凝視して頷いた。

「似合ってる」

「……そういうことではなく。ドレスコードは問題ないか訊きたかったんですが」

私が肩を落とすと、楓さんだけでなく店員さんもきょとんとしている。しまった、カップルらしくいちゃいちゃ演技を続けるべきだったか。

そう思って素早く店内を見回したところ、興信所の男女はいない。あの二人のファッションはカジュアルだから、この店には入らない判断らしい。店の入り口の近くにいるのが見えた。

「ドレスコードなら、問題ない」

「そっちを訊いたつもりでした」

私はボレロを脱いで、店員さんに「買います」と渡した。そのまま会計に行って、お支払いをする。結構なお値段だけれど、仕方ない出費だ。

ボレロは着ていくことにして、タグや値札を切り取ってもらう。ふわりと羽織ると、店員さんがノベルティだと言って小さな香水の瓶をくれた。

サンプルを嗅がせてもらったら、桜の花のような軽い香りがする。これくらいならディナーにも支障ないだろうから、手首にワンプッシュした。小さな瓶をバッグに入れた時、楓さんが少し驚いたように私を見ていることに気づく。

店員さんに見送られながらショップを出た後、展示会場に行く為、エスカレーターに向かう。少し間を空けてついてくる男女の様子を窺いながら、私は隣を歩く楓さんに問いかけた。

「楓さん」

「何だ？」

「さっき、お店で微妙な表情になってましたけれど。私、何かしましたか？」

私の質問に、楓さんはああ、と笑った。意外に、よく笑う人だと思う——笑うといっても、微笑む程度だけど。

「君が香水を付けたことに驚いた」

身だしなみ程度の香りだと思うけど、きつかったかな？

そんな疑問が顔に出てしまったらしく、楓さんは説明を補足してくれた。

「水族館で君に近づいた時もいい匂いがしたから、香水を付けてきているんだと思ってた。あれは香水じゃなくて君の匂いか」

「……それ、セクハラですよ……」

今日、私が香水を付けたのは先程が初めてだ。家を出た時は、何も付けていなかった。それをいい匂いと男性に言われるのは何となく恥ずかしい。相手次第では、女性はぞっとしてしまう発言でもある。楓さんが美形すぎるせいか、私は許せるけれど。

セクハラと言ったものの、照れ隠しであることは楓さんには伝わってしまったらしい。小さな子どもを見る目で微笑まれた。

「気をつける。変質者だとは思われたくない」

「……そうしてください」

笑いを噛み殺している楓さんと、おそらく赤くなっているだろう私。――少なくとも、さっきの接近を「嫌だ」と思わない程度には、楓さんへの好感はある。

後をつけてくる興信所の人たちからは、どんな風に見えているることか。

所かまわずいちゃついている恋人同士でしたと報告してくれればいいなと前向きに考えることにして、私たちはエスカレーターに乗った。

何度かエスカレーターを乗り継いで最上階に辿り着くと、展示会場の入り口がすぐそこにある。楓さんと二人でチケットを買い、入場した。

そんなに大きな会場ではないけれど、武勲詩や叙事詩の写本の複製、有名な作品をモチーフにした絵画が展示されている。

写本の複製に見入っていると、楓さんが私の耳元に囁いた。

「読めるのか？」

その艶やかな色気ある声も、今は気にならない。私の全神経は、目の前の写本に集中している。推しが目の前にいたら、他のことは二の次になるのは仕方ない。

「少しだけ。これを読めるようになりたくて、まずはフランス語からと思ってフランス文学科に入学したんです。そこから、アキテーヌやポワトゥーの歴史も勉強したり」

古フランス語で書かれた写本は、とても難解だ。特徴的な文法だし、類韻という技巧は他言語では上手く翻訳できない。類義語を当てはめることが一般的な古フランス語を学びたくて、一年ほどフランスに留学させてもらった。

でも、一年やそこらで身につくものでもない。現代フランス語の発音は磨かれたけれど、古フランス語やオイル語については辞書がないと解読できないままである。

私は気持ちを切り替え、展示物を堪能することにした。

「十二勇将の絵……」

古典の写本複製の次は、絵画が展示されている。私の一番好きな作品の絵もたくさんあった。昔の絵の複製だけでなく、近代から現代の画家による新しい絵もあった。

解説を読みながらじっくり絵を見ていると、楓さんも珍しそうに鑑賞している。興味のない人には退屈かなと心配だったから、少し安心した。

その時、一枚の絵に私の目が引き寄せられる。

色鮮やかな絵が多い展示品の中で、黒一色で描かれたそれは、私の大好きな勇将が騎馬して剣を構えている構図だった。

他の絵とは一線を画するように、洋画とも日本画ともつかない不思議な線で描かれたその絵は、華やかな絵に埋もれることなく、むしろ異彩を放っている。

思わず見惚れてしまっていたら、スーツの男性が近づいてきた。

「こちら、如何でしょう？　複製画になりますが、販売もしておりますので」

そう言われて、入り口で受け取ったパンフレットを見たら——確かに、ここは絵画の販売もしていると書いてあった。

「どうぞ、こちらへ」

男性に案内されるままに展示スペースを抜けると、パーテーションで仕切られた場所に出る。いくつかに分かれたそこには、椅子とテーブルが用意されていて、商談している人達が見えた。

「先程お客様がご覧になっていた作品は、十四番の『聖騎士』ですね。こちらは複製画ですが制作数が少なく、私どもで扱っているものは番号も若いのでお勧めの品です。額装込みで五十万円と、お求めやすい価格になっております」

五十万円。払えないことはないけれど、ぽんと勢いで買うのは躊躇われる金額だ。買ったとして、部屋に飾ることは……できる。壁には十分な余白がある。

「うーん……」

「ローンもお組みできますよ」

私が迷っていることを見抜いた男性がにこやかに、だけどしっかりと勧めてくる。

「いえ、どうせ買うならローンを組むつもりはないんですけど……」

「それは失礼いたしました。如何でしょう、この展示会が終わりましたらアメリカに出ることになる作品ですが」

そう言われると、欲しくなってしまうのは人の性というものだ。

以前の私なら、働いているし、家に入れるお金は月に五万円だし、ボーナスもあるし……と自分に言い訳して買っていたと思う。だけど今はそんな余裕はないはずだ。焼け石に水であっても、無駄遣いすることは憚られる。

「すみません、また改めます。ご縁があったら、その時に」

やんわり断って、私は椅子から立ち上がった。一瞬呆気に取られた男性も、食い下がることはせずに「ではまたの機会に」と丁寧な対応を崩さない。

後ろ髪を引かれる思いでブースを出たら、それまで黙っていた楓さんが口を開いた。

「欲しかったなら、買えばいい」

「そういうわけには」

会社が不渡りを出すか出さないかの家の娘が、ぽんと使っていい金額ではない。それが全額私の稼いだお金であっても。

「まあ、君が本当にフランス文学が好きなのはわかった」

「フランス古典です。近世や現代のフランス文学はあまり知りませんから、そこ、混同しないでください。そもそもフランス文学を読むだけなら、わざわざオイル語や古フランス語を勉強する必要はありません」

私は早口で楓さんの感想を訂正した。フランス文学には疎いので、そういう話題を振られても一般的な知識しかない。その点を誤解されては困るし、フランス古典オタクとして、そこは譲れないのである。

「あ、ああ。わかった。すまない。――まだ続きがある。最後まで観るんだろう?」

私の勢いに気圧されたように頷いた楓さんが、私より頭一つは高い位置の視線を、場内に巡らせて促した。

「はい」

絵画の途中で販促スペースに入ってしまったものの、展示場に戻る通路はある。そこから会場に戻り、私たち――私は、今まで資料でしか観たことのない写本の複製や絵画の展示を楽しんだ。興信所の二人は、まだ私たちを観察している。

――楓さんは、楽しくなかったかなあ……。私はめちゃくちゃ幸せだけど。

展示場から出た私が少し不安になって隣を見上げると、楓さんは無表情だった。私と似ていて、あまり感情を表に出さない人らしい。……ん？　でも、今日は結構笑ってた……よね？　それなりに楽しんでくれたと、思い上がってもいいのかな。

会ったのは、今日で二回目。長い時間一緒にいるのは、今日が初めて。だけど、彼の人となりはよくわからない。思ったよりは話しやすい、それだけ。

何気なく時計に目を向けたら、十七時を過ぎていた。意外と長い時間、展示物を観ていたことになる。

それに黙って付き合ってくれた辺り、悪い人ではない。そう思った私をよそに、楓さんも時計をちらりと見た。

「そろそろ店に向かうか」

「はい」

私たちは楓さんが手配したタクシー……ではなく、お店からのお迎えだというハイヤーに乗り、レストランに向かったのだった。

都内の一等地に店を構えるレストランは、入り口からして豪華だった。スクラッチタイル貼りの、日本ではなくヨーロッパを思わせる建物だ。

ウェイティングルームは内装も絢爛(けんらん)としているけれど、それに負けない楓さんの華やかさときたら……美人の隣に座るのは引け目があるものの、楓さんくらい突き抜けているとそんな感想もなくなる。次元が違うみたいな感じだ。

楓さんと一緒にシャンパンを飲み終えた頃に男性が近づいてきて、私たちを案内してくれた。細部まで精緻な装飾が施されたウェイティングルームを出て、階段を上がった先の廊下を進んで目的の部屋に通される。

ここも絵画や装飾品が美しく、壁を彩るように煌めくクリスタルが綺麗だった。広々としていて、本来なら二人で利用する部屋ではない気がする。

私がテーブルに着くと、楓さんも向かいに座った。すぐにワインリストを開いた楓さんが、私に問いかける。

「何を飲む？」

「シャンパンで」

私の答えを聞いて、楓さんが男性ウェイターにヴーヴ・クリコ・ラ・グランダムをオーダーする。

私はあまりワインはわからないけれど、名前を聞いたことはある。

「楓さん。私、ワインには詳しくないので、お任せしていいですか？」

「わかった。料理はどうする？」

アラカルトで一品ずつ選ぶか、それともコースかということ？　こういうお店って、コース料理は先に予約しなくて大丈夫なのかなと不思議に思ったら、コースのお料理とは別に何かオーダーするかという質問だった。

「それもお任せします」

何せ、私の手元にあるメニューではお値段の表記がない。いわゆる「ランクを上げたらプラス五千円」とか、そういうものがわからないのである。

あまり待つことなく、今度は金髪の外国人男性がシャンパンのボトルを持ってきてグラスに注いでくれたので、軽く乾杯した。シャンパン特有の繊細な気泡と芳醇さが、舌を楽しませる。

メニューをさっと読んだ楓さんが、私に問いかける。

「今日のメインは仔羊だ。俺は仔牛のロティに変えるが、君は？」

「私も仔牛で」

仔羊は嫌いではないけれど、骨付きで出てくることが多いからあまり気が進まない。

「魚は……オマールブルーか。問題ない？」

「大丈夫です」

ウェイターに綺麗な発音のフランス語で注文し、楓さんはシャンパングラスに手を伸ばした。

「綺麗な発音ですね」

「ああ、君もフランス語はできるんだったな」

「こういうところで困らない程度には」

謙遜せずに笑った私に、楓さんも微笑んだ。シャンパンに口をつけ、満足そうに味わっている。

それからは運ばれてくるお料理に舌鼓を打っていたら、楓さんに問いかけられた。

「口に合う？」

「はい。……あの、忘れるところでしたが」

いけない、今日の最大の目的は退職についての相談だ。綺麗な水族館と貴重な展示物、おいしいお料理に浮かれている場合ではない。

「何かあったか？」

「あったというよりは、これから起こすといいますか……私の今の勤務先ですが。退職した方がいいんですよね？」

「そうだな。君のキャリアを邪魔してしまうのは申し訳ないが、働くにしても俺の側にいてほしい」

これは別に彼が私を好きだからではなく、契約上のことである。お互いのスケジュールを把握して管理できる方が、夫婦生活や育児においてメリットがあるというだけのこと。

「寿退職としても問題ないですか？」

「かまわない。結婚式には、君の会社の上司や同僚を呼んでもいい」

楓さんが優雅に雲丹のムースを平らげた後、オマールブルーのポワレが私達の前に置かれた。注がれた白のプルミエ・クリュ・レ・ピュセルの、果実の爽やかな甘みと上品な香りが口の中に広がっていく。

「お式の規模は、どのくらいですか？」

「あまり控えめにすると疑われるが、仰々しいのも気詰まりだ。双方合わせて五百人くらいでいいんじゃないか」

その人数で、どこが仰々しくないのか。それ以上の規模は、最早王侯貴族の結婚式だ。

楓さんとはこの価値観のすり合わせが必要だと認識し、私は心構えを新たにする。

「式場はどこに？」

「うちのブライダル部門で、手頃な式場を探させる。なければ空いたところで。俺は吉日にこだわりはないから、土日ならどこでもいい。君は？」

「私もいつでも。六月の土日はもう埋まってそうですけどね……」

「なら、どこか別のホテルのバンケットルームでもいい。金を惜しまなければ何とかなる」

創業一家の権限でとは言っても、六月なんて結婚式のハイシーズンだ。そう都合良く空いているだろうか。

「楓さん。……私に契約を持ち出すより先に、式場を押さえてました？」

「ああ」

私の問いに、楓さんは悪びれずに頷いた。確かに、先々まで考えて動くのは悪いことではない。まして私たちの結婚は、恋愛ではなくビジネスだ。事務的かつ計画的に進めても何も問題ない。

「私の退職は、二ヶ月後くらいです。最後の半月は有休消化できますけど、それまでは出勤の必要があります。花嫁修業はできません」

「問題ない。うちに嫁ぐんじゃなく、俺と結婚するだけだからな。それに、眞宮家の令嬢なら礼儀作法は大丈夫だろう。――実際、君の食事は綺麗だ」

「ありがとうございます」

褒められたので、お礼を返しておく。そこに運ばれてきた仔牛のロティは、やわらかさも焼き加減も味も盛りつけも、何もかもが絶品だった。付け合わせの春野菜はフレッシュハーブのジュレで彩られ、マッシュポテトもオーヴンの焼き目が綺麗だ。

お肉に合わせて、楓さんがペアリングせずに選んだ赤のムートン・ロートシルトを飲むと、絶妙なマリアージュが発生する。楓さんは、ここまで計算していたんだろうか。

「おいしい。このワイン、とても合いますね」

「シャトー・ラトゥールと迷ったんだが、俺はムートンの方が好きなんだ」

シャトー・ラトゥールとムートン・ロートシルト。どちらも有名な高級ワインで、私は口にするのは初めてだった。赤ワインはお肉を活かす為のものだと思っていたけれど、本当においしいものは、お料理との相乗効果をもたらすと知った。続いて、チーズ、デザート、ミニャルディーズを選ぶ。私は何種類かのチーズの他に、バニラアイスとショコラスフレ、そしてギモーヴとマカロンを取り分けてもらった。

楓さんも、甘味は私と同じものを選んでいる。そこで初めて気づいたのだけど、全体的にお料理のサイズが私の分は控えめだった。最後まで食べきれるようにお店が配慮してくれたのかな。――ううん、たぶん楓さんの指示だ。さりげない気遣いは、私に感謝を望むものではないからこそ、嬉しかった。

そして、お会計は済まされていた。こういうお店に男性と二人で来たことがないから、タイミングがわからなかった。この場――個室だし人目もないし、ここで半額渡していいものだろうか。

紅茶にミルクを入れ、私は溜息をついた。

「どうした？」

「お会計……せめて自分の分はと思っていたんですけれど」

お財布には二十万円入れてきた。本当はもう少し多かったけれど、セレクトショップでボレロを買ったので減ってしまった。社会人三年目なので、そろそろクレジットカードを持とうかと思った時期に父の会社が破綻寸前に陥ったと知り、カードは作っていない。

「それは俺に格好をつけさせてくれるということで、片づいた話じゃなかったのか」

「……どう考えても、ここのお料理はそれで片づけていいレベルではありません」

私はギモーヴを口にした。レストランの最後の一皿、というレベルを遥かに超えておいしい。

「あの絵を買う為に貯金したことにすればいい」

「でも」

「夫婦になったら財布は同じだ。気にすることはない」

そういうことにしていいんだろうか。私が悩んでいると、楓さんは楽しそうに笑った。

「まるで百面相だな。君は考えていることが素直に顔に出る」

「すみません」

「責めてない。まあ、秘書として働く時は表情を抑えてくれると助かるかな」

「……善処します」

私は「感情」が薄いから、家族以外には無表情と言われることが多かった。でも、楓さんには百面相に映っているらしい。

今まで「素直に顔に出る」とか、それを「抑えてほしい」と誰かから言われたことはない。そもそも、両親と姉以外で私の心を表情から汲み取った人は楓さんが初めてだ。

自分の感情表現について考えながら、私は楓さんと一緒にその店を後にした。楓さんは、遠回りになるのに家まで送ってくれた。親切な人だと思う。

2．彼女との関係

仕事中、デスクに射し込む光が眩しく感じて顔を上げた。途端、秘書の月足智久が窓のブラインドを下ろす。まだ晩春と初夏の境だが、日中の陽射しはかなり強くなっている。

「気づくのが遅れました」

「……いや。休憩するか」

ずっとパソコンの液晶を見ていたから、少し目の奥が疲れた。そう言ったら、月足はブルーベリーのサプリメントと白湯を出してくる。細かいところに気のつく男だ。

一ノ瀬グループの中核である一ノ瀬商事。その取締役専務が俺の肩書きだ。次期社長といった方が通りはいい。

自社ビルの最上階にある役員フロアの一室で、俺はグループの上半期仮決算を見越し、下半期の計画表を注視していた。

「エネルギー問題はついて回るな」

「はい」

「輸送コストを考えたら、東南アジアの産油国に投資した方がいいくらい、誰でもわかるからな」

結果、投資される側が投資したい企業を選ぶ売り手市場になっている。幸い、うちは産油国との付き合いがあるので優先されているが、それもいつまで続くかわからない。

多少輸送コストが上がっても、製油コストが低い良質さと埋蔵量が見込めるなら、新しい取引先を増やすことは問題ない。むしろ、いくらあってもいい。

そんなことを考えながら、世界の産油国の製造量と埋蔵量のリストを確認する。何度見ても同じだ、埋蔵量トップのベネズエラは製油コストが大きい。何よりアメリカとの関係を考えれば、迂闊に手は出せない。

結局、距離的にもコスト的にも、中東の石油に頼ることになる。

「そろそろ中東に視察に出た方がいいか？」

「六月末までは、すべての土日祝日を空けるよう伺っていたはずですが」

「月曜に行って、金曜に戻れば問題ない。先方へのアポとスケジュール調整を頼む」

俺の言葉を受け、月足はすぐに秘書室に移動した。それを見送り、サプリメントを白湯で流し込む。

人間工学に基づいて設計したソファに身を委ね、体を解した。疲れが溜まってきているらしく、解される痛みが心地よく感じる。

少し休憩を取ることにして、備えつけのコーヒーマシーンでカフェラテを淹れた。ブラックにしないのは胃が心配だからだ。最近の世界情勢は、各企業のトップたちの胃痛の原因になっていることだろう。

カップに注がれたカフェラテを飲みながら、俺はプライベート用のスマホを取り出した。眞宮桃香とは、こちらで連絡を取っている。

初めて夕食を共にした翌週、俺たちは契約書を交わした。何かあれば随時話し合うという前提ではあるが、かなりしっかりした内容だ。

事が事だけに、それは当然でもある。

俺が契約結婚なんてことを考えたのは、単なるコストパフォーマンスだ。両親は三十までには結婚しろとうるさいが、今現在付き合っている女性もいないし、特別に想う相手もいない。

結婚したとしても、次は子どもを急かされるということもわかっていた。俺はさほど子ども好きではないが、後継者という意味では必要だ。性別は問わないが、二人は欲しい。

――今までに、結婚を考えたことがないわけでもない。それなりに交際はしてきた。ただ、俺は女性を見る目がまったくなかった。

誰も彼も、結局は金か俺の家柄目当て。それならそれでいい遊び相手だと割り切ったのは、社会人になった頃だろうか。以来、俺は女性というものは何らかの対価を払って付き合う存在だと思っているし、実際そうしてきた。

その点は、眞宮桃香も同じだ。

違うのは「出会い」だけ。両親が持ってきた見合いの釣書の中から、契約を受けてくれそうな女性を探していた。金で動いてくれて、尚且つ両親も認める出来の妻を演じてくれる、ある意味俺の共犯者ともいえる相手を。

　送りつけられた釣書の山の中から彼女を見つけたのは、機械的な仕分けの結果だ。

　釣書は、俺に送られる前に両親がチェックしている。つまり届いた釣書の女性たちは、両親が許可したということだ。相応の育ちなら、眞宮桃香のように経営状態が思わしくない会社の令嬢でも問題ない。一ノ瀬家が援助すれば済む話だ。

　そして、こんな提案をするならしっかり事前調査をした方がいいのはわかるが――両親には伏せておきたいので、大っぴらに調べることはできない。そうなると、契約を持ちかけるかどうかは俺の第一印象で判断するしかなかった。

　実際、眞宮桃香に打診するまでに五人の女性に会ったが、全員、一度の顔合わせだけで終わらせた。

　直感的に信頼できるかどうかを判断したのだが、今のところ眞宮桃香は問題ない。食事の前のデートも、食事の際も嫌悪感は抱かなかった。五十万円の絵を買いそうになった時は、どうするか――実家の経済状況を無視して散財するかどうか見ることにしたが、彼女は自分の欲求より現実を優先した。その判断は好ましい。

　だから翌日すぐに、あの絵を買った。来週には婚約指輪が届くので、絵は俺からの結納品ということにしておく。

　このくらいの謝意は示してもいいだろう。

そう自分に言い訳した後、今日の仕事に意識を切り替えた。

今日はウェディングプランナーとの打ち合わせだ。俺たちは、見合いの初回から互いに好意を持った設定で押し通している。そうでないと、このスケジュールはかなり無理がある。

「楓さん」

打ち合わせ場所に向かって車を運転していると、助手席の眞宮桃香が話しかけてきた。

「何だ？」

「今更ですが、何もこんなに急いだお式にしなくてもよかったのでは」

「そうしないと、君のお父さんの会社が危ないだろう」

結婚は俺の都合だが、急いだのは眞宮家に援助する為だ。婚約者ではなく正式に夫婦になっておいた方が、資金援助や負債の肩代わりの理由づけがしやすい。

「それは、そうなんですが……でも、私が楓さんと結婚することが知られたので、取引先も色々と融通してくれていますし」

「相手は、俺からの資金援助を期待して待っている。待たせた分、恩を着せられるのは御免だ」

俺がそう答えたら、眞宮桃香はしゅんと項垂(うなだ)れた。わかりやすく落ち込む様子は叱られた子どものようで、可愛いと思った。

ハーフアップに結い上げた髪が、胸元でさらさらと揺れている。つるんとした、剝(む)きたての卵のような肌は白く、大きな目と通った鼻梁がバランスよく配置された顔は、一般的に見て美人といって差し支えない。

少しぽってりとした唇は、艶やかな桜色に濡れている。女性らしい丸みを帯びた体を白群（びゃくぐん）のワンピースに包み、白いバッグを膝の上に乗せて畏まった姿は、二十四歳という年齢より幼く見える。

「……別に君を責めたわけじゃない」

「はい……」

素直に頷くものの、眞宮桃香は俯いたままだ。運転中なので、その横顔に宿る感情を見極めることもできない。

「桃香さん」

今度は俺の方から話しかける。顔を上げた気配がしたので、そのまま話し続けた。

「俺たちの結婚は契約だが、俺は君の人生を対価に資金援助するだけだ。だからそんなに気に病まないでほしい」

「……」

「俺の都合で結婚してもらう以上、対価はきちんと払いたい」

「……すみません。結婚を急ぐのは私の家のせいなのに、差し出がましいことを言いました」

眞宮桃香は控えめだ。おとなしい性格ではないと思うが、この結婚に関しては一歩引いている。

俺としては対等な関係のつもりなんだが……やはり、金で解決したのは間違いだったか。

そう思わなくもないが、今更後戻りもできない。

――幸い、俺は眞宮桃香への嫌悪感はない。それなりに信頼もしている。眞宮桃香がどう思っているかはわからないが、俺としては夫婦として過ごすことに問題はない。

自分に言い聞かせながら、俺は打ち合わせ場所に急いだ。


ウェディングプランナーと俺が挙式の打ち合わせをし、眞宮桃香は衣装合わせだ。ドレスを一から仕立てる余裕はなかったので、既製品を彼女に合わせてもらっている。

先に何着か選んでいた候補のドレスを試着し、俺の意見を聞きに来る。好きに選んでもらっていいのだが、スピード婚の夫婦になる身としては、妻のドレス姿に無頓着でいるわけにもいかない。

俺があまり気乗りしていないことは眞宮桃香も気づいているらしく、打ち合わせのタイミングを見ながら申し訳なさそうに声をかけてくる。もっと、ウェディングドレスにはしゃいでいる演技をしてくれてもいいとは思うが、俺も演技できていないのでお互いさまだ。

「では、お料理はシェフのスペシャリテということでよろしいでしょうか」

「はい。アレルギーなどのある方は、後でリストにして送ります」

「かしこまりました。ファーストバイトをご希望と伺っておりますので、ケーキもこちらでご用意いたします」

こういったリクエストは、俺の両親からのものである。俺には弟がいるが、姉妹はいない。顔合わせの際、母の「嫁ぐ娘がいない」という愚痴を聞いた眞宮桃香が、結婚式にリクエストがあれば言ってほしいと申し出てくれた。

おかげで、母は俺たち以上にはしゃいでいる。新婦の母である眞宮夫人より出しゃばることがないように、と注意はしているが。

「楓さん。今、大丈夫ですか」

ウェディングケーキのサンプル写真を眺めていると、パーテーションの向こうから眞宮桃香が声をかけてきた。

「ああ」

返事をして立ち上がる。試着したドレスを見るのは、これで何着目だろうか。

そろそろ飽きてきた俺は、溜息を隠して部屋を仕切るパーテーションを越える。

そこに掛けられた数々のドレスを見た時、俺は白という色にこれだけ種類があるのかと驚いた。

そして今、真っ白なドレスを纏(まと)った眞宮桃香に見惚れてしまった。

ドロップショルダーのドレスは露出が多いだけに、肌の美しさが際立つ。白いデコルテと二の腕を彩るようにレースが縁取り、綺麗なラインのドレス部分には小さな花が銀糸で刺繍されている。

女性らしいデザインのドレスは、くびれた腰の細さと豊かな胸元を際立たせ、その下に隠れた肢体のしなやかさを想像させる。

華奢な腕はレースのウェディンググローブで隠れ、それが露出の多さを気づかせない淑やかさを演出していた。

「如何(いかが)でしょう、こちらは一点物でして。デザイナーの新作になります」

まるで眞宮桃香の為に誂(あつら)えたような、それくらい彼女を魅力的に見せるドレスだった。

「君は？　気に入った？」

「綺麗だなとは思います」

「なら、それで。——ああ、買い取ります。彼女のサイズに調整してください」

俺の言葉に、ドレス部門の担当が大きく頷いた。ドレスに合わせた小物なども選び、今度はカラードレスに移るという。

「……」

疲れた、と顔に書いてある眞宮桃香に近づいて、俺はその髪を撫でた。そんな接触に、驚いたように顔を上げる。

「試着は今日しか時間が取れなかった。疲れているとは思うが」

頑張ってほしいと告げたら、眞宮桃香は困ったように笑う。

「疲れたのは本当ですけど、綺麗なドレスを着られて楽しくもあるんです」

「そうか、よかった。結婚したらパーティーもあるから、ドレスは好きなだけ着てくれ」

俺がそう言うと、眞宮桃香はがくりと肩を落として「前言撤回です」と呟いた。

＊＊＊

それから、デートを重ね、両家の顔合わせと結納も済ませた。俺の急な「結婚したい」に両親は怪訝(けげん)がっていたが、興信所を使って監視することは三回目のデートで終わった。信用したということだろう。ちなみに眞宮桃香は、結納品の中ではあの絵に一番感激していた。

眞宮夫妻は、こちらから申し出ることに何ら反対しない。ただ、どうして娘をと思っていることは窺えたので「見合いの席で好意を持った」で押し通した。負債の肩代わりと資金援助については最初は固辞していたが、それが眞宮桃香からの条件だ。俺も譲れない。

未来の一ノ瀬グループ会長夫人に瑕疵があると困ると言って、これも強行させてもらった。

そうして迎えた、挙式当日。幸いなことに、梅雨時だが晴天に恵まれた。雨続きだった空は、透き通るように青く美しかった。

朝早くから挙式会場――一ノ瀬グループのホテルの中でも最高格の帝都ホテルに入り、新郎用のモーニングコートを着る。ホワイトタイを締めて、ブートニアを挿す為の胸ポケットの確認もしておく。

係員に先導され、教会で十二人の出席者から一輪ずつ薔薇を受け取り、新婦の入場を待った。

定番の、だが荘厳な音楽が流れ始め、眞宮桃香――今日からは一ノ瀬桃香だ――が現れる。

その姿を見て、感嘆した。試着の時と同じドレスのはずなのに、一分の隙もなく彼女に合わせて手直しした結果、更に美しく見せている。

さらさらの黒髪は綺麗に結い上げられ、ヴェールを編み込んだ作りだ。清廉に整った顔は、薄く化粧が施されていた。形のよい唇が緋色に染まり、長い睫毛もいつもより濃く、華やかな印象を与える。

肩を出したウェディングドレスは、自然で清楚な色気を醸し出す。その艶やかな様子に少し驚きながら、俺は片手に持った薔薇の花束を彼女に差し出した。

本来はここでプロポーズらしいが、そんなものは省略する。小さなブーケの中から真っ白な薔薇を選び、桃香が俺の胸ポケットに挿し込んだ。

それを受け、ウェディンググローブに包まれた手を取る。

今から行われる挙式は、俺たちにとっても必要なものだ。間違いなく夫婦になったと、世間に喧伝する為に。

パイプオルガンの演奏が流れ、招待客が居並ぶバージンロードを歩く。別にクリスチャンでもないのに教会で式を挙げることになったのは、俺の母の強い要望だ。姑に嫌われてもどうでもいいだろうに、桃香は受け入れてくれた。

神父の前で誓いの言葉を述べ、衆目の中でキスを交わした。

それが、俺たちにとって初めてのキスだった。


披露宴を無事に終え、二次会は参加せずに――俺たちに共通の友人はいない――ホテルの最上階にあるインペリアルスイートに移動した。

カードキーでドアを開けてホワイエを歩き、突き当たりのリビングルームに入る。ジャケットを脱いだ俺がタイを解きながら視線を向けると、桃香はソファに座るかどうするか悩んでいるように見えた。

今は、桃香は黄色のドレスを着ている。オフホワイトのシルク地にカナリアイエローやレモンイエロー、様々な種類の黄色のチュールを重ねた華やかなカラードレスは、色白な彼女によく似合っていた。

が、どんなに似合っていても脱いでもらうしかない。何せ今日は初夜である。

「桃香さん……桃香と呼んでもいいか？」

「はい」

「先にバスルームを使いたいんだが」

「あ、はい。どうぞ」

さほど照れた様子もなく、桃香は淡々と頷いた。少し思案した後、俺のジャケットを両手で持ち、クローゼットに向かったので制止する。

「いい。君の分も合わせてクリーニングに出すから」

「……はい」

「クローゼットには、着替えを何着か入れてもらっているはずだ。気に入らなかったら、――もう遅いな。この番号にかけて、好きなブランドと服のタイプを言えば、明日の午前中には用意してくれるはずだ」

俺は、担当外商の番号を渡した。桃香も社長令嬢なのだから、外商の説明は必要ないだろう。

「何か飲んでいるといい。ろくに食べていないし、ルームサービスを取ってもいいから」

「はい」

俺の言葉に頷いた桃香を部屋に残し、バスルームに入った。

バスタブに湯を張りながら、ランドリーを挟んだ場所にあるブースでシャワーを浴びる。整髪剤で整えられていた髪を洗い流し、一息ついた頃には湯が溜まっていた。

広いバスタブに体を沈め、今夜のこと——セックスを考えると気が重い。処女相手なんて初めてだし、勝手がわからない。

わかっているのは、避妊しないことに互いが同意しているという点だけだ。

ざぶりと湯を波立たせ、俺はバスルームを後にした。バスローブに着替えた後、湯を入れ替えておく。

リビングに戻ると、桃香は所在なく佇んでいた。まだ、ドレス姿のままだ。

「着替えてなかったのか」

そう問うた俺に、困ったように頷く。

「すみません。このドレス、後ろボタンなもので時間がかかってしまって」

「ああ……悪い。気が利かなかった」

謝罪し、彼女の背後に回る。髪に挿されていたリースブーケを取り、ボタンを外した。

腰の辺りまで外すと、はらりとドレスが落ちそうになる。桃香はウェディングビスチェを着ているから露出の危険はないが、一瞬、胸がざわついた。

「ありがとうございます」

後は一人で脱げますと言って、桃香は胸元を押さえたままバスルームに消えた。着替えは——新婚仕様なのか、きちんと下着類は用意されていたから問題ないか。

そう思った時、部屋のインターフォンが鳴る。ルームサービスが届いたらしい。

俺が扉を開けると、ホテルのウェイターが丁寧な礼をして入室してきた。

「どちらにご用意いたしましょう？」

この部屋は寝室、リビングとは別にダイニングルームもある。が、食事というほど大層なものでもない。リビングに用意してもらうことにした。

桃香が注文したのは、フルーツの盛り合わせとグラスのシャンパンが二人分だった。

「シャンパンの方は銘柄のご指定がありませんでしたので、こちらで選ばせていただきましたが、よろしかったでしょうか」

「エノテークの一九七三年か。よく手に入ったな」

「こういった特別な時にはお出ししています」

そつのないウェイターだ。ドン・ペリニョン・エノテークは時々飲むが、一九七三年は殆ど市場に出ていない。俺も口にするのは久しぶりだ。

ワゴンからそのまま、リビングのテーブルに調えてもらうことにする。グラスとフルーツをセットし、また礼をしてウェイターが立ち去った。

美しく盛られたフルーツの中から、マスカットを一粒取って口に入れる。爽やかな甘さを堪能して、俺は蜜色のシャンパンを一口飲んだ。エノテークは、色も味もいい。

もう一口含んだ時、バスルームから桃香が出て来た。薄っすらと上気した頬は桜色で、バスローブの裾から伸びたふくらはぎは真っ白だった。

「ルームサービスが届いた。軽く食べておくか？」

「あ、はい」

グラスを渡すと、桃香は一口サイズに丸くくり抜かれたメロンをピックで刺した。化粧の落ちた顔はそれでも端整で、メロンを食べる為に唇を開ける様子は妖艶ですらあった。

「楓さんは、食べないんですか？」

一瞬、俺が目を奪われていたことに桃香は気づいていない。俺は彼女に勧められるままにオレンジ、葡萄、桃を食べ――果汁に濡れた桃香の唇に、キスを落とした。

「……っ、ん……」

思わずキスしてしまったものの、この後のことを考えれば問題はない。桃香も抵抗はせず、俺の唇を受け入れた。

口づけたまま彼女を抱き上げ、寝室の扉を開ける。細い肢体は、予想した以上に軽い。仄明るいルームライトの中、キングサイズのベッドに桃香を横たえた。

目を閉じたままの桃香の唇のあわいから舌を差し込み、口内を撫でる。微かにシャンパンとメロンの味がした。

「ん……」

細い顎を指先で持ち上げ、キスを深くする。きゅっと寄せられた眉が何とも艶めかしく、彼女の舌を絡め取った。

くちゅりと濡れた音がした。俺の舌に怯えたように、桃香の舌は奥で小さく震えている。それにゆっくり舌を絡めると、おずおずと応え始める。

互いの唾液が入り混じった頃、キスをやめた。離れる時、桃香の唇から深い吐息が零れた。

そっと瞼にキスを落とし、眦を舌で舐める。桃香がくすぐったそうに顔を動かすと、濡れた髪が揺れて上質なシャンプーの香りがした。

頬を指先でなぞりながら唇を這わせ、キスで赤くなった唇に指を押し当てた。人差し指でゆるりと撫でた時、甘い声が漏れる。

「ふ……っあ……」

「くすぐったい？」

唇も性感帯の一つ、らしい。少なくとも、桃香はそうなのだろう。とろんとした目で、俺の指を受け入れている。唇を撫でていた指を、今は彼女の口内を弄るように遊ばせた。

「ん……っふ、ぁ……」

熱い口内を指で愛撫したら、桃香は躊躇いながらそれに舌を這わせる。彼女の無垢な顔とその淫靡な行為のギャップが、ぞくぞくとした快感を与えてくる。

——本当に初めてなのだろうかと思うほど、彼女は素直に快楽を追っている。キスにも、愛撫にも、恥ずかしがる素振りはない。

バスローブをはだけ、露わになった乳房を手で包んだ。なめらかな肌はミルクのように白く、やわらかい。

指と手の平全体を使って揉むと、桃香の唇からあえかな声が漏れる。そこにほんの少しの艶を感じ、俺は彼女の耳朶に噛みついた。

「っ、ん……！」

形のいい耳を食(は)みながら舌を這わせ、時折歯を立てる。それだけで、桃香の体はびくびくと震えた。

「桃香」

耳に声を注ぎ込むように呼んだ名前に、桃香が反応する。小さな手がシーツを握り締め、潤んだ瞳が俺を見上げてきた。

その唇にもう一度キスして、彼女の乳房を堪能する。張りのある乳房を揉みしだき、快感を逃そうと反らされた首筋に唇を這わせた。

華奢な首に吸いついて痕を残すと、征服欲が湧き上がった。くっきりと浮き出た鎖骨にも桜色の痕をつけながら、やわやわと愛撫を続けていた乳房に口づける。

撫子色の乳首を指先で弾く。組み敷いた体が、びくりと揺れた。そのまま白い乳房を吸い、色づいて固くなった乳首を摘まんだ。

「つぁ、……あ……っ」

唇から零れる声を抑えようと、桃香は自分の口を手で覆う。その隙間から、快楽の滲んだ嬌声が零れ落ちてくる。

くりくりと乳首を弄(いじ)りながら、もう一方を口に含んだ。舌でねっとりと嬲(なぶ)り、歯で扱(しご)きながら擦(こす)り上げた。

「あ、ん……っあ、あ……！」

ちゅうっと音を立てて強く吸い、残った方を指で押し潰す。ころころとした質感のそれを指先で突つき、舌で転がす。

「ん……っ、あ、っあ……！」

気持ちよさそうな声は、心地いい。高すぎない桃香の声は、俺の好みだった。

散々に弄(もてあそ)んだ乳房を解放し、脇から腰のラインを手で撫でながらバスローブを脱がせた。上と違って、ショーツは穿(は)いている。

その部分に指を添えると、桃香はわかりやすく真っ赤になった。口元を覆っていた手は、今は顔全体を隠そうとしている。

するりと撫で、何度か行き来させていくうちに、微かに濡れ始めた。俺はショーツを剥(は)ぎ取り、彼女の言葉通りなら、初めて男を受け入れることになる場所を指で探った。

秘花は固く閉じているものの、暴かれることを望むように、そこは泥濘(ぬかる)み始めている。ゆるゆると指で撫で、少しずつ花片を捲(めく)っていく。

「ん……っ」

抑えきれない羞恥を含んだ声を零しつつも、桃香は俺に顔を見せようとしない。その仕種が、あくまでもこれは契約上の行為だと主張しているように見えるのは、俺の被害妄想だろうか。

何故か少しだけ苛立ち、桃香の秘花を嬲(なぶ)る。既に溢れている愛液を指に纏(まと)わせ、肉の花片を開いて中指を秘芯に突き立てた。

「――……っ！」

何かを堪えるような苦鳴を漏らし、桃香の体が強張る。それをナカから解すように、狭い蜜路を指で押し広げた。

「痛いか？」

随分濡れてはいたが、あまり丁寧な前戯だったとも言えない。その自覚はある俺の問いに、桃香は微かに首を横に振った。

強がっているのはわかったが、ここを拡げないことにはどうにもならない。俺は彼女の虚勢を真に受けた風を装って、隘路に人差し指を差し入れた。

「……っ、あ……っ」

さほど慣らしていない場所に、二本の指はきつかったか。そんな俺の感想を肯定するように、桃香のナカはぎゅうぎゅうと締めつけてくる。異物を押し出そうとする蠕動に逆らいながら、俺は桃香の乳房に口づけた。

「あ……」

別の場所への愛撫に驚いたのか、桃香の体から一瞬力が抜ける。その隙を突くように、俺は指をぐるりと回転させた。

「あっ、ん……っ！」

眉を顰めた桃香に構わず、狭い蜜壺をぐぷぐぷと音を立てながら拡げる。違和感にまた体が強張ってきたタイミングで乳房から離れ、秘花に顔を埋めた。

むせ返るような女の匂いがして、ソコは俺の指を受け入れている。秘芯の少し上にある蕾を露出させて吸いついた。

「あ、っあ……っん、あ……！」

一番敏感だろう部分に刺激を与えられたことで、桃香の体ががくがくと揺れる。構わずに蕾を吸い上げ、そっと歯を立てた後は唇で包み込む。やり方を変えながら愛撫を施していると、とろとろと蜜が溢れてきた。

その間も、指は彼女の胎内を解している。ざらついた柔襞に蜜を塗り込め、恥丘の裏部分を軽く擦れば嬌声が上がる。

「っん、あ……っふ……っ、あ……！」

一度イカせた方がいいのだろうか。そう思ったものの、桃香は今も顔を隠しているから、痛みの度合いがわからない。

最後にぐるっと指先で内襞を刺激し、二本とも引き抜いた。とろりとした愛液が糸を引き、ひどく淫猥に見えた。

俺はボクサーパンツを脱ぎ、桃香の腰を抱いた。硬くなった自身を秘裂に沿わせると、溢れていた蜜で濡れていく。十分に蜜を纏ったところで、切っ先を桃香の秘花に宛がった。

「……っ」

小さく息を呑む気配がしたが、かまわず腰を進めた。

桃香は自分の手を噛んで声を堪えていたから、片手でそれを取り払い、キスをした。

痛みの瞬間の声は、聞きたくない。妻とセックスして罪悪感に包まれるなど御免だ。

そんな打算的なキスだったが、桃香は違和感から逃れたいのか、俺の舌を拒まない。小さな口内を蹂躙しながら、腰を動かして彼女の花を散らした。

「つん……、ん、……！」

眦に浮かんだ涙は、痛みの為だろう。それを見なかったふりをして、俺は更に奥を穿った。

熱を帯びた互いの体の間で、ぐちゅ、と濡れた音がする。先程まで解していた桃香のナカは、俺を押し出すように狭くなり、同時に引き込もうとするように淫らに蠢いた。

「痛むだろうが、我慢してくれ」

キスをやめてそう言った俺に、桃香は何とも言えない表情を見せた。苦しげで切なげで、それでいて艶めいた色香を放つ顔。

その艶に惹かれかけたのは、男の本能のようなものだ。自分にそう言い訳して、律動を始める。

「つ、……ん……っ、あ……！」

痛みが先に立つ声に、快楽の色は薄い。違和感しかないのかもしれない。けれど、俺にはどうしようもない快感だった。

食いちぎられそうなきつさがもたらす快感と、狭い蜜路を侵略する征服感。痛みに耐えている桃香を見るにつけ、支配欲が溢れてくる。

俺は繋がったまま、桃香の体を反転させた。白い体は、俺の腕の中に収まるほど華奢だ。

「いた……い……っ」

悲鳴に近い声を無視して、うつ伏せた背中に口づけながら律動する。それは、相手を労ることのない、自分勝手なセックスだった。

「っん、あ、ん……っ！」

なのに桃香の唇から零れる声は嬌声に似ていて、俺の思考を自分に都合良く「彼女も快感を得ている」と誤認させるには十分なほど甘かった。

「あ……っあ、ん……！」

だから、彼女が零した涙の意味も考えず、俺は欲望のままに動いて——初めて男を受け入れたばかりの体に、自分勝手な欲の証を吐き出した。

3．恋に、落ちる

私の新しい仕事。それは、楓さんの第二秘書だ。

結構最悪な初夜を過ごした後、新婚旅行は楓さんの多忙を理由に先送りしている。正確には永遠に行かないだろう。

そして私は、一ノ瀬商事の秘書課に転職した。学歴はそこそこ、だけど秘書経験も資格もないのに専務の秘書に抜擢されたのは、私が「一ノ瀬楓の妻」だから。この公私混同甚（はなは）だしい雇用を、楓さんの第一秘書さんは受け入れてくれた。

月足さんは、私たちの結婚が契約であることも知っている。何せ、契約書を作ってくれた弁護士を探したのは彼である。結婚式のすぐ後、楓さんは私の実家の負債を返済した上、事業資金を融資してくれた。

結婚式の翌日から楓さんは仕事に行ったので、私は体の痛みを堪（こら）えながら家事をした。こちらが初めてだということは伝えたはずなのに、まったく労ってくれないセックスだった。でも、契約結婚なんてそんなものだと思う。愛し愛される結婚がしたいなら、最初から契約なんかで結婚すべきではない、と私は不満を諦めに昇華させることに努めた。

帰宅した楓さんは、家事は最低限でいいと言いながらお風呂の支度をしてくれた。家事と育児は折半というのは、確かに契約書に書いてはあった。こういうビジネスライクな人だから、彼にとっては、セックスも子どもを作る為の手段でしかないのかもしれない。快感を追うのではなく、愛情を伝える必要もない、義務的なもの。それなら、あんな抱き方になるんだろうと納得した。

その日、楓さんから「採用通知」という封筒を渡された。雇用条件などが書かれた書類も入っていて、それによると私は二日後には一ノ瀬商事の秘書課に出勤ということだった。

秘書に相応しいスーツは持っていないので、楓さんの手配で百貨店の外商に服や靴を見繕って持ってきてもらうことになった。

必要経費だから金額は気にするなと言われていたので、勧められるままに何着かのスーツと靴を揃えた。買った服は楓さんに見せて、一ノ瀬商事のオフィスで浮かないか確認を取った。

次の夜は、楓さんが取引先から結婚を祝われるということで不在だった。私は一人分の夕食を作り、一人で食べる。

そういえば、今日は誰とも会話していない。両親か姉に電話してもいいけれど、スピード婚した娘が結婚式の翌々日に連絡したら、余計な心配をかけるかもしれないと思ってやめた。それでなくても、両親たちは私の結婚が「家の為」ではないかと気にしているのだから。

溜息を一つついて、私は楓さんの為に夜食を作った。卵と野菜のサンドイッチ。彼が食べるかどうかはわからない。

——結局、手をつけられていなかったサンドイッチは、私の朝食になった。

その後、買ったばかりのライムグリーンのスーツを着て出社した。時間は七時半より少し早い。八時過ぎには、会社に到着できる計算だ。

都内でも指折りのオフィス街、その一等地にある一ノ瀬グループ所有のビル。そこの役員専用フロアが、私の勤務地である。

今日は初出社なので、楓さんより先に家を出ることになった。朝食は作ってあるけれど、また食べずに放置かもしれない。食べないなら冷蔵庫に入れてほしいとメモは残したものの、読んでくれるかどうか。

梅雨時の蒸せる暑さの中、ビルの入り口に立つと一枚ガラスのドアが開いた。ガードマンに見守られながらエントランスに入ると、既に受付嬢が座っている。

軽く会釈し、前もって渡されていたカードキーでエレベータに乗る。パネルの前でもう一度カードをかざし、役員専用フロアまで上がった。微かな浮遊感が終わり、目的のフロアに到着する。

「おはようございます、一ノ瀬さん」

エレベータホールからよく見えるカウンターの手前、色々な観葉植物の鉢がオフィス内を隠すように置かれた場所に、私の上司となる月足智久さんが立っていた。わざわざ出迎えてもらって、申し訳ない。

「おはようございます、月足さん。遅くなりました」

「いえ、僕が早く来ただけです。一ノ瀬さんの出勤時間よりは早いですから、お気になさらず」

月足さんは四十代半ばの、柔和な笑顔が似合う落ち着いた男性だ。楓さんの出社は十時前後らしく、今日はそれまでの時間、私に仕事の説明をしてくれることになっている。

このフロアの受付スペースにあるのは秘書課だ。窓口には、華やかな女性が微笑みながら座っている。まだ八時なのに、課内は色とりどりのスーツ姿の社員たちでそれなりに混雑していた。役員より早く出社する必要があるから、当然かもしれない。

男女半々くらいの秘書たちが、月足さんと私に挨拶しながら自分のデスクを確認している。その輪の中に、月足さんが私を案内した。

「皆、手は止めなくていいからちょっと聞いて。――こちら、今日から一ノ瀬専務の第二秘書になる、一ノ瀬桃香さんです。知っているだろうけど、専務の奥さまです」

軽く手を叩いて注目を集めた後、そんな紹介をされた。公私混同極まりない人事紹介だけど、事実だから何も言えない。

「一ノ瀬桃香です。よろしくお願いいたします」

深々と礼をした私を、秘書課の人たちはぱちぱちと拍手で迎えてくれる。お約束のようなあからさまな嫌がらせはなさそうだとほっとした。

「一ノ瀬さんには、月足課長が直々に指導されるんですか？　それとも、誰かがメンターに？」

挙手した華やかな女性が問うと、月足さんは——課長だったのか——軽く頷いた。

「僕が指導します。が、一ノ瀬さんは秘書の経験がないので、皆にフォローをお願いしたい」

「承知しました。私たちでできることでしたら、何でも。一ノ瀬さん、わからないことがあればいつでも聞いてくださいね」

そう微笑んでくれた美女に、私はありがとうございますともう一度お辞儀した。至らない点ばかりだろうけれど、甘えてはいられない、と決意を新たにする。

私の挨拶を区切りにしたのか、秘書課の皆は再び自分の仕事に戻っていく。私は月足課長に連れられ、更に奥——役員室の扉が並ぶ廊下を歩いた。

「秘書の仕事は、その会社によって異なりますが」

月足課長は、私相手にも丁寧な口調を崩さない。

「我が社では、専任のコンシェルジュのようなものだと思ってください」

「コンシェルジュ……ですか」

それはそれで、経験がないのだけれど。

「専務に言われた書類や資料を用意したり、取引先との会食を予約したり、議事録や決算書を確認したり。場合によっては着替えを買いに行ったり、でしょうか」

「着替え」

そこまでお世話が必要なのかと怪訝に思った私に、月足課長は苦笑した。

「時々、ご自宅に戻れないことがありますので。毎回、ホテルに男性用スーツが用意できるわけでもありませんから」

私の疑問にも、親切に説明してくれる。秘書といったら、スケジュール調整するお仕事だけかと思っていた。

「スケジュールの調整などは僕が担当します。一ノ瀬さんには、主にフランス語の翻訳と専務のプライベートな部分——食事を抜いていないかとか、会長からの私的な連絡を無視していないかとか。そういった部分をお願いしたい」

「食事の、お世話……」

「放っておくと、一日何も食べないこともある人ですから。食が細いというよりは偏食なだけですが」

まさか、と私は思い至ったことを問いかけてみた。

「……キュウリやトマトが嫌いだったりしますか……？」

「ああ、キュウリは嫌いですね。会食の場では食べますが、プライベートでは口にしません」

私が作ったサンドイッチを食べなかった理由が、こんなところで明かされた。好き嫌いって、あの人、もう二十七歳だったはずなんだけど。

「面倒な書類仕事は僕が行います。一ノ瀬さんは、専務が気分よく働けるようにしてください」

月足課長は穏やかに微笑んでいるけれど、楓さんのことを何も知らない私には、それが一番難しいのではないでしょうか。

「向こう一ヶ月の専務のスケジュールです。頭に入れておいてください」

「はい」

USBメモリを受け取った私を、月足課長が勤務スペースに案内してくれる。一ノ瀬商事では、常務以上の役員の秘書は秘書課のデスクではなく、担当役員に近い部屋で仕事するらしい。

私の「仕事部屋」は、楓さんの部屋の隣にある控えの秘書室だ。楓さんの専務室を挟んだ逆隣に、月足課長の秘書室がある。

一ノ瀬商事では、普通、専務クラスでは第二秘書は付かないという。けれど楓さんは普通の専務ではない。次期会長となる創業家の御曹司だ。

「そろそろ専務が出社されますね。ご挨拶は必要ないと伺っていますから、一ノ瀬さんはUSBの資料を確認していてください。パスワードはK一一一七です」

……それ、楓さんの誕生日ではなかろうか。あまりに安易なパスワードから察するに、USBにはそれほど重要なものは入っていないのかもしれない。取り扱いは注意だけれど。

私は月足課長にお礼を言って、与えられた控えの秘書室に入った。

白と木目で統一された室内は、すっきりさっぱりしていて、要するにインテリアは最低限だ。作り付けの本棚には何冊かファイルが置かれているだけで、ガラガラである。

大きな窓の向こうにはビル雲を眼下にした青空が広がり、ここがどれだけ高層かわかる。部屋の隅の方には、一メートルほどの高さのパキラが飾られていた。

デスクは木の天板で、椅子は結構しっかりした造りだ。机上には、オールインワンタイプのパソコンとタブレットがあった。

引き出しに通勤バッグを片づけ、私はパソコンの電源を入れた。すぐに起動した最新型のパソコンにＵＳＢを差し込み、入っていたデータをフォルダごと移動させる。

「う、わぁ……」

主要取引先という名前のフォルダには、取引先の方々の名刺だけでなく顔写真、それに趣味や好物まで記録されていた。会食の予約の際、気をつけなさいということだ。

重要度順に並んだ名簿の人数は三桁。これを全部暗記するのは骨が折れるだろう。

そう思いながら次のフォルダを開くと、楓さんの来月のスケジュールが出てきた。仮押さえの予定も含めたら、殆どすべての日が埋まっている。

そのうちの一つに、私の目は釘づけになった。

「……この……『奥寺(おくでら)グループ創業記念パーティー』って……」

そこには、小さく「妻同伴」と書かれていた。

――覚悟はしていたけど、結婚して一ヶ月足らずでパーティー参加かあ……

ふっと、自嘲気味の笑みが零れたのは仕方ないと思う。

私はその日時をメモに取った。取引先とのパーティー。どこでどう仕事に繋がるかわからない出会いが待ち受けていると思ったら、もう胃が痛い。

重要度がわからないなりに、私でも知っているような企業との会合予定を頭に入れていたところに、デスクの上の電話が内線を告げた。急いで受話器を取り、名乗る。

「はい、一ノ瀬です」

『お疲れさまです、一ノ瀬さん。すみません、挨拶はいいという話でしたが、専務があなたの様子を知りたいと言い出しまして』

そこに楓さんはいないのだろう、やや砕けた口調で月足課長が話す。要するに、挨拶に来いということだ。出勤初日に上司に挨拶するのは、当然のことではある。

「わかりました。すぐに伺います。——直接、専務のお部屋に？　それとも、課長とご一緒した方がよろしいですか？」

『直接お願いします。僕は席を外すように言われていますので』

月足課長が苦笑しているのがわかる。契約結婚の妻が不出来かどうか心配している、とでも思われたのだろうか。

私はわかりましたと繰り返し、月足課長が通話を切ったのを確認してから受話器を置いた。その時、スピーカーのボタンに気づいたので、後で電話の機能も調べようと決める。

私は椅子から立ち上がり、さっと身だしなみを整えて部屋を出た。髪は一つに束ねているし、スーツも問題ないはず。

秘書控え室の隣にある、シンプルだけど高級感のあるドアをノックしかけたところで、壁にモニターフォンを見つけた。

……これを押せということかな。「入室」と書かれたパネルをタッチすると、機械越しに楓さんの声がした。

『何だ？』

「一ノ瀬です。お呼びと伺いました」

『――解錠した。入りなさい』

カチッという音がしたので、施錠していたことに驚く。自社ビルの中なのに鍵をかけるって、楓さんはパーソナルスペースが広いのかもしれない。私もパーソナルスペースは広い方だけど、さすがに部屋まるごとではない。楓さんは、もしかしたら人嫌いなのかしら。

「失礼します」

聞こえないかも、とは思いつつ、私は声をかけて扉を開けた。思ったより軽い感触に戸惑いながら部屋に入る。

その部屋は、私に与えられた秘書室の倍くらいの広さだけれど、一ノ瀬グループ次期会長の部屋としては狭いかもしれない。

ピシッと隙なく調えられた室内には、窓を背に座る楓さんのデスク、その手前に応接用らしきソファセットが鎮座している。それから壁一面の資料棚を、これまたパキラやドラセナなどの観葉植物が上手く隠していた。

「出社早々に呼び出して悪いな」

「いえ」

そう答えたところで、ふと気づいた。楓さんと、目と目を合わせた会話をするのは久しぶりな気がする。あの夜以降、必要最低限の会話はしていたけど、どちらからともなく視線は外していた。

「俺の来月のスケジュールは見たか？」

「確認中です」

「奥寺グループのパーティーは？」

「拝見しました」

私が事務的に答えていると、楓さんはやりにくそうに溜息をついた。

「桃香」

「あの、一ノ瀬専務。職場での公私混同は避けていただきたいのですが」

「ここは防音だ。隣にも聞こえない。そもそも公私混同の会話をするつもりだから、月足には席を外させた」

堂々と言い切られた。そこまで開き直るなら、何も言うまい。

「パーティーには、君も出席してもらうことになる」

「はい」

「奥寺グループとは、継続している取引が多数ある。それこそ『公私混同』するような人でもないが、できるだけ好印象を持ってもらってくれ」

「無茶振りです」

今現在、私は奥寺グループのことをよく知らないどころか、何も知らないのである。楓さんが好印象を持ってほしいと思っている相手がどなたなのか、それすらわからない。

「にこにこ笑って、相手の気を悪くさせない程度の相槌を打ってくれればいい」

投げやりな指示に、私は思わず眉を顰めた。楓さんの言葉は、つまり「女は笑っていればいい」を別の言い方で表現しただけだ。

「気を悪くさせたならすまないが、事実だ。君はまだ俺の仕事の詳細をわかっていない。そんな状態でも、このパーティーには参加してもらわないといけないからな」

「……期待はしていないから、邪魔にもなるなと。そういうことですか」

「端的に言えばそうなる」

両手の指を組む仕種さえ優雅な楓さんは、どこまでも傲慢な人だ。不遜な態度が、嫌味なほど似合っている。

「海外からの招待客も来る。フランス語は、君が相手を理解していれば役に立つだろう」

――だから、相手について勉強しておけ。そういうことだ。

それならそうと、はっきり言ってくれればいいのに。

「ドレスや装飾品は君に任せる。好きに買えばいい」

「ドレスコードは？」

「ホワイト・タイ。正確には英国風ではなくフランス風だそうだ」

淡々と言われ、私は溜息を堪えるのに苦労した。男性がホワイト・タイなら、女性はロング丈のイヴニングドレスを着ろということだ。

「私、イヴニングドレスなんて持ってません」

「だから、買えばいいと言っている。今回は既製品でいい。妻の支度ができないから欠席します、なんてことはさせないでくれ」

つまらなさそうに答え、楓さんは私をちらっと見た。

「今のところ、君に最優先してもらいたい『仕事』だ」

「……わかりました」

契約だから仕方ない、契約に必要だから当然。自分にそう言い聞かせながら、私は深々と礼をした。そこに、楓さんから追い打ちがかけられる。

「君の感情豊かな表情は見ていて飽きないが、苛立ちを押さえる練習もしておいてほしい」

「……失礼しました」

私は精一杯の笑顔で、彼の言葉を受け流すことに必死だった。私の百面相は家族限定だったはずなのに、楓さん相手に発揮されていることが——楓さんも「家族」だけれど、何故か悔しかった。

結婚したくらいで。たった一回、肌を重ねたくらいで、簡単に絆(ほだ)された自分が情けない。結婚前は、楓さんに仄かな好感を持っていた。でも、今は腹立たしい。

それは、人への興味が薄い私が初めて抱く感情だった。好感と怒りがめちゃくちゃになって、心全部が「一ノ瀬楓」という人に向かっている。この気持ちは恋でも愛でもないのに、私の頭の中は楓さんでいっぱいだった。

だけど嫌いなわけじゃないから、自分で自分がわからない。ひたすら悔しくて腹立たしくて情けないのに、嫌いだとは思えない。この屈折した想いは、彼に認めてほしいという承認欲求かもしれない。私は、自分の気持ち——激情にも似た感情を処理しあぐねている。

秘書室に戻った私は、怒りを堪えながらパソコンに触れた。スリープモードから再起動した画面に、もう一度取引先名簿を呼び出す。

そして、奥寺邦明という名前を見つけた。

肩書きは、奥寺グループ代表取締役。年齢、五十四歳。好きな食べ物は牡蠣。

リストに載っている写真は、壮年のスマートな男性だった。いかにも富裕層といった雰囲気だけど、嫌味な感じはない。

しかし、これだけの情報で「好印象を持ってもらう方法」はわからない。私は、奥寺邦明氏については帰宅後に調べるようと決め、今は楓さんの一ヶ月分のスケジュールを覚え、必要な書類や資料を頭に入れることに集中した。

——デスクの電話機の機能については、機種番号を調べて説明書をダウンロードすることから始めた。

＊＊＊

桃香の強張った笑顔を見送った後、俺は溜息をついた。あまり気負う必要はないと言いたかっただけなのに、言葉の選択を間違えた自覚はある。

結婚前の方が、彼女との距離が近かった気がする。

それは、同じ目標に向かって努力していたからだろうか。彼女を怒らせた奥寺グループのパーティーは、失敗したくないのは本当だが、父ではなく俺が出席する程度のものだ。

パーティーというものに慣れた俺は特に苦労はなく、桃香だけが俺の妻として努力しなくてはならない。たった一ヶ月でそこまで要求するのは申し訳ないから、ただ笑っていればいいと言ったつもりだが……たぶん、俺の言い方がよくなかった。

といって、今更謝るのもタイミングを逸している。俺にできるのは、彼女がパーティーで困らないようフォローすることだ。

そう結論づけた時、内線が鳴った。表示されているのは、月足の番号だ。

「何だ？」

『明日の会議用の資料に修正点が。新しいものをお持ちしますので、目を通していただけますか』

「わかった」

微かな電子音がして、通話が切れる。月足は、俺たちの契約結婚のことを知ってはいるが、深入りはしてこない。公私の別を弁えた男だけに、その点は信頼が置ける。

部屋に来訪者を告げる音が響き、俺は手元の機器を操作して鍵を開けた。

「失礼します。慌ただしくなり、申し訳ありません。こちらになります」

用件だけ言って印刷された資料を置いた月足に、俺はさりげなさを心がけながら指示を出した。

「会議までに見ておく。それと、桃香——一ノ瀬の件だが」

「はい」

「不自由のないようにしてやってくれ。結婚の理由はともかく、今後は俺の勝手に付き合わせるばかりだからな」

「それは、一ノ瀬さんは、秘書として一人前にならなくてもいいということでしょうか？」

月足が確認するように質問してきた。想定内の言葉に、俺は曖昧な答えを返す。

「彼女の能力次第だ。仕事にキャパを割きすぎて、俺の妻としての役割に支障が出たら困る」

「承知しました」

月足は、一礼して部屋を出て行った。――俺は、桃香どころか月足にすら上手く本心を伝えられない。

ただ桃香に無理をさせたくないという一言を口にすることが、どうしてもできなかった。


桃香との生活の為に買った部屋は、セキュリティが高い。つまり部屋に入るまでが煩わしい。

人間と機械によるいくつかのチェックを通り抜けて帰宅した俺を、桃香が出迎えた。

「お帰りなさい」

「……ただいま。前にも言ったが、君も働き出したんだから、出迎えはいい」

「円滑なコミュニケーションの為の努力です」

素っ気なく答え、桃香は俺のジャケットをハンガーに掛けた。そのままパウダールームに押し込まれたので、手を洗ったついでに洗顔しておく。タオルで顔を拭いていると、モニターフォンから桃香の声がした。

『夕飯はできてます。お風呂も。どちらにします？』

「風呂」

『わかりました』

事務的な会話ではあるが、誰に聞かれているわけでもないから演技する必要はない。それだけのことなのに、桃香の冷たい口調が気になった。

——俺の失言のせいだろうな、と、体を洗いながら反省する。が、謝るタイミングは外しているし、フォローの言葉も見つからない。

バスタブに入って適温の湯に体を沈め、考える。

契約とはいえ結婚したんだから、家で仮面夫婦をするのも疲れる。言いたいことは言い合えばいい。……今回の場合、怒っている桃香にどう口火を切らせるかだが。

俺は湯に浸かったまましばらく考え込み——逆上せそうになったので、切り上げた。

湯上がりにもう一度シャツを着る趣味はない。オーガニック素材のルームウェアを着て、髪を適当に乾かした後にダイニングに行くと、桃香が夕食の仕上げをしている。

「何か手伝うことは？」

「飲み物の用意をしておいてください。もうすぐできますから」

いらない、と拒絶されなかったことに少しほっとしながら、俺は氷とミネラルウォーターを取り出してグラスに注いだ。カラン、と涼しげな音が揺れる。

器に盛られたマグロのタルタルと夏野菜のサラダ、照り焼きチキンとポタージュ。俺は料理はあまりしないが、共働きの女性が作るには十分すぎる献立だと思う。

「君は、たまには手抜きしてもいいと思う」

昨日の夜は俺は接待で不在だったが、夜食が用意されていた。キュウリが使われていたので食べなかったが、気遣いは嬉しい。

「忙しい時はそうします。今日は仕事始めなので、自分でお祝いしてます」

「なら、シャンパンを開けようか」

俺の提案に、桃香は小さく笑った。——やっと、笑ってくれた。彼女の微笑みに安堵したことに、自分でも驚いた。俺の戸惑いには気づかず、桃香は笑みを深くする。

「そこまで本格的に祝われると、料理が見劣りしますから」

「簡単なものでよければ、俺が作る」

料理はしないが、酒の肴程度は作れる。そんな俺の言葉に、桃香は目を瞠って首を横に振った。

「お祝いしてもらうほどのことでもないですし」

そう固辞された。彼女は、俺との間に壁を作っている。その距離感は心地よくもあり、虚しくもある。

ダイニングテーブルに向かい合って座り、俺たちは食事を始めた。少しタイミングを見て、話しかける。

「奥寺グループのパーティーの準備について聞きたい」

俺の問いかけに、桃香が身を固くした気配がする。素直な気質を表した顔に、薄っすらと苛立ちが宿った。

「ドレスは決めたか？」

「いいえ」

「なら、黒にしておくといい。無難な色だし、外すことはないだろうから」

「……アドバイス、してくれてます？」

どこか警戒したような桃香に、内心で自嘲する。会社での俺の態度は、とても褒められたものではない。

「アクセサリーは、真珠なら間違いない」

「残念ながら、私が持っている真珠は冠婚葬祭用だけです」

買えばいいと言いかけ、俺は言葉を変えた。同じミスは繰り返したくない。

「君に似合いそうなものを選んでおく」

「……楓さん。どうかしました？」

ナイフとフォークを手に、桃香が怪訝そうに問いかけてくる。明らかに、結婚前より信頼度は下がっているらしい。

「昼間は、俺の言い方がよくなかった。君が意識しなくても笑顔でいられるよう努めるのが、俺の役割だ」

「……」

「君がパーティーに慣れていないなら、そのフォローをするのは俺の義務だ」

「そう……ですね」

うんと頷いた桃香は、食事を再開した。手つきが軽やかになったように見えるのは、気のせいだろうか。

「私も、百面相しないように気をつけます」

「……それも、悪かった」

俺が謝ると、桃香は悪戯っぽい笑みを浮かべた。彼女の纏う空気がやわらかくなった。

「あんな意地悪を、無自覚で言ってるならどうしようもないと思いましたけど。自覚してくれてるなら、気にしません」

さりげなく人格否定された気がするが、確かにそのとおりだから反論はしない。鶏もも肉をナイフで切り分け、口に運ぶ。

「そもそも、私、感情表現が下手だって家族に言われてましたから、百面相って言われたのはいいことかもしれません」

「君は、わりと顔に出る方だと思う」

俺が受けた彼女のイメージは「素直」だ。感情に疎い印象はない。

「家族限定、らしいです。感情の起伏があまりないみたいで、無表情って言われてました。ちゃんと笑ったり怒ったりしてるつもりなんですが」

「そうだな。俺は君を怒らせたり泣かせてばかりで申し訳ないと思ってる」

特に初夜はひどかったなと反省していると、桃香は呆れたように溜息をついた。

「……そういうことは、食事中に言うことじゃありませんよ」

「食べるという言葉には二重の意味があるからな」

「……楓さん」

こちらを見る視線がきつくなったので、俺は揶揄(からか)うのをやめた。

「わかった。話を変える。奥寺グループについては調べたか？」

「まだです。それは楓さんとの契約だから、仕事中にすることじゃありません。調べるのは、私のプライベートを充てようと思って」

確かに、俺の秘書ではなく妻として同伴するのだから、この件は桃香の「仕事」ではない。俺としては「最優先してほしい仕事」だと言った以上は公私混同していいと思っているのに、桃香は真面目だ。

「そうか。今日は、会社では何をしてた？」

「月足課長が用意してくれた資料を読んでました。まだ読んだだけで、知識として具わってないんですけど」

月足は万事そつがない。桃香に用意した資料も、必要なものを十分押さえた内容だろう。そう考えながらミネラルウォーターを飲み干した時、桃香のグラスも空になっていることに気づく。

二人分のグラスに、溶けかけた氷の上から新しく水を注ぐと、桃香が目を瞬かせた。そして、笑顔になる。

「ありがとうございます」

「礼を言われるほどのことじゃない」

「そうですか？　でも、私はお礼はちゃんと言いたいので」

小さく首を傾げながら言う桃香は、可愛いと思う。仕事とプライベートをきちんと線引きしようとする姿勢も好ましい。――感情豊かな彼女は、顔に出てしまうけれど。桃香のどこが「感情表現が下手」なのか疑問だ。俺の方がよほど下手だと思う。

「食器は俺が洗うから、君は風呂に入るといい」

「はい」

料理を手伝えなかった分、後片づけは俺が担当して当然だ。そういう価値観は同じなのか、桃香はそのことについては礼を言わなかった。それを不快には思わない。価値観が近くてよかったと思うだけだ。

「お粗末さまでした。――じゃあ、お風呂に行きますので」

両手を揃えて食事を終えた桃香はバスルームに行き、俺は食器を洗って片づけた後、自分の寝室に入った。

一緒に暮らしていても、寝室は別。契約結婚だから当然だが、そう遠くないうちに――先日の行為で妊娠していないとわかったら、また彼女を抱くことになる。

その日までに、桃香のことをもっと知りたいと思った。彼女は、俺が知る女性像とは、少しかけ離れている気がする。一緒に過ごす時間が増え始めた今、俺は桃香に――妻だからではなく、桃香個人に興味を持ち始めていた。

俺から見たらとても素直で感情が顔に出る桃香は、本人の自己申告によればそれは家族限定で、感情が薄いと言われるらしい。なら、俺の前でわりと百面相しているのは、家族として受け入れてくれた証なのだろうか。

そこまで考えて、何となく「違うだろうな」と思う。初対面の時から、桃香は素直だった。たぶん、契約で結婚を申し込んだ俺は彼女にとって取り繕わなくていい相手だから、意識せずに本心を見せている、といったところか。

桃香は、「感情が薄い」と言われる程度には、無意識の警戒心は強いらしい。そんな彼女に信頼してもらうには、俺はどうすればいいんだろうか。

予洗いした食器を食洗機に並べながら、俺は密かに溜息を零した。俺たちの夫婦生活は、前途多難としか言いようがない気がする。

＊＊＊

仕事を始めて一ヶ月。少しは慣れてきたと思う。

私は第二秘書室と名を変えた部屋で、資料の整理をしている。一ノ瀬商事はとても大きな会社で、取引先も多岐にわたるから、必要な資料の整理だけでも大変だ。

そろそろ、七月も半ばになる。四半期の収支決算に向けて各部署は多忙らしい。次々に数字が更新されていくデータを確認しながら、粗利益の仮計算をして、予算達成している部署と未達成の部署を分けて……というのは、今までやったことのない仕事だから、一苦労だ。

それでも、月足課長が抱えている案件よりは楽なのよね、一ノ瀬商事の数字だけでいいから。

月足課長は、一ノ瀬グループ全体のデータを扱っている。私なんか比較にならないほど大変なはずだ。なのに、いつも気遣ってくれる親切な人だ。――楓さんの指示だと言っていたけど、どこまで本当かはわからない。

楓さんとは、普通の生活を送っている。喧嘩というか、私が一方的に不機嫌になっていた仕事の初日、彼が会話しようと努めてくれたおかげで、不和は回避できた。

楓さんは、言葉が足りなかったり、または余計なことを言ってしまったりする――でもそんなの、人間なら当たり前のこと。私だってそうだから、彼を責める資格はない。

それに、私を気にかけてくれていることはわかるようになってきた。仕事の都合がつく時は食事を一緒に摂り、会話を欠かさない。契約結婚というビジネスパートナーとしては必要ないことなのに、歩み寄ろうとしてくれる。そんな気遣いが何となく嬉しい程度には、彼への好感度は回復している。

ふとモニターに視線を落としたら、さっき更新を確認したデータの数字がまた上書きされたことに気づき、私は資料整理の手を止めた。四半期の仮決算書は、経理部がデータ更新中ならこの先もまだ数字は変わる。今確認しても二度手間だから、一息つこう、そうしよう。

パソコンをスリープモードにし、カフェスペースに行くことにした。備えつけのコーヒーマシーンを使い、一分ほどで出来上がったアイスラテを手に、窓際のソファに陣取った。

優雅な仕事に見えるけれど、私の心はそう落ち着いてはいない。先日の奥寺グループのパーティーは、思い出すだけで疲れる。

にこにこと笑顔を崩さず、当たり障りなく会話して、お仕事の話になりそうだったら楓さんにきちんと繋ぐ。楓さんとはずっと一緒ではないから、これが一番大変だった。

海外からの招待客もいて、英語とフランス語が飛び交う中、いつどんな会話がビジネスに切り替わるか、またどなたと会えば一ノ瀬グループの利益に繋がるかわからない。そんな状態で笑顔を保ち続けるのも、会話するのも、本当に気疲れした。何人かの男性は、私は結婚しているのに個人的な連絡先を聞いてくるから、それを躱すのも難しかった。何とか逃げ切れたとは思う。

帰宅した後の楓さんが何も言わなかったから、問題はなかった……はず。不機嫌なようにも見えたけど、彼の思考は今一つわからない。冷淡に見えて、意外に優しいことはわかってきた。それから、笑顔が綺麗なことも。

そう思った時、同じようなパーティーが来月の楓さんのスケジュール表にあったことを思い出した。それを見た瞬間、私は軽く絶望したと思う。けれど、嫌だと言っても仕方ない。私は、楓さんの妻として務めるという契約で結婚したのだから。

そんなわけで、今は次の主催者である樫原コーポレーションについて調べている。眞宮の実家にいた頃、名前は知っていても会うことなんてなかった経済界の重鎮たちとのパーティーやレセプションは、一ノ瀬家では当たり前のように毎月ある。奥寺グループのパーティーは楓さんにフォローしてもらったけど、いつまでもそれに甘えることはできない。

私は、ふうと溜息を漏らしてアイスラテを飲んだ。すっきりとした苦味とミルクの甘さが沁み渡る。五分ほどかけてアイスラテを飲み干し、空のグラスを返却口に置いて、秘書室に戻った。

秘書室には鍵はかからない。受付には秘書課があるし、奥に出入りできるのは役員とその秘書だけなので、過剰なセキュリティはない。役員室は鍵がかかる造りだけど、月足課長曰く、そうしているのは楓さんくらいらしい。警戒心が強いのかな、と思ったけれど、単に人と接するのが面倒なだけという気もしなくはない。自分の感情に疎い私もズレているけど、楓さんも他人に興味がないという意味では大概だと思う。

第二秘書室のドアを開け、室内に入る。パソコンにパスワードを打ち込むと、スクリーンセーバーが解除される。続けて、さっきまで見ていた仮決算書を呼び出した。

「……ん？」

取引先別の収支決算書を眺めていた私は、一つの取引先に違和感を持った。請求書と仕入れデータを照合したら、違和感がはっきりする。

「……どうして毎月末にこんな大きな数字が入るの」

思わず呟いた。相島（そうじま）貿易との取引は、毎月末日、三桁から四桁の数字が「仕入れ額調整」として記載されている。一ノ瀬商事の決算データの単位は千円だから、その額は数十万ないし数百万円だ。放置していい金額ではないし、念の為遡れる限り調べたら、今年の四月から毎月「仕入れ調整額」が入力されている。マイナスの月もあった。

「月足課長に相談……？」

うーんと悩んだ後、結局私は月足課長の内線番号を押した。すぐに柔和な声が返ってくる。

『はい。どうしました、一ノ瀬さん？』

「仮決算報告書に少し気になるデータがあるので、確認していただきたいのですが」

『では、こちらにいらしてください』

「はい。すぐに伺います」

私は相島貿易との仕入れ元帳データをコピーして「仕入れ調整額」に蛍光マーキングした。それをＵＳＢに入れ、月足課長のいる第一秘書室に向かった。

何度か入ったことのある部屋は、インテリアの配置が私の第二秘書室と対称的なだけで、造りは同じだ。ただし、置いてある資料やファイルの量がまったく違う。

「気になるデータとは？」

前置きなしに用件に入った月足課長は、忙しいのだと思う。手を止めてしまって申し訳ないと思いながら、私はＵＳＢを渡した。

「こちらに入れてきました」

受け取ったＵＳＢをパソコンに差し、データを見た月足課長が穏やかな顔を顰めた。

「これは……」

「仕入れ調整額とありますけど、桁が大きいと思いますし……毎月というのが気になって」

「確かに。そもそも、仕入れ額と請求額が一致しなければ、先方に照合してもらうのが我が社の方針です」

大手様ならではの「うちの数字と合わないから、そっちの数字を調べて」である。それが許されるくらいに、一ノ瀬商事は大企業だ。

「僕はこの後、専務のお供で会合がありまして。一ノ瀬さん、経理部の大崎部長には連絡しておきますから、担当者に詳細を確認してもらえますか」

「私が直接訊いて問題ありませんか?」

経理部に確認調査しろということだけど、ただの秘書がそこまで出張ってもいいのだろうか。

そんな私の疑問は顔に出たらしく、月足課長は諭すように言った。

「この数字が間違っていたら、四月からの四半期だけで数百万になります。異常だとわかっている決算書を、役員会議で使うわけにはいきません」

「わかりました」

「あくまで確認です。正当な事情があるなら、きちんとした処理に改めてもらうだけですから」

責めるのではなく、事情を訊くだけ。それなら私にもできると思う。

「経理部には、午後一番でアポを取っておきます。それまでは、一ノ瀬さんは仕事の続きをしていてください。それから、このデータはコピーさせてくださいね」

「はい」

月足課長が自分のパソコンにデータをコピーし、私はＵＳＢを受け取って、第一秘書室を後にした。

自分のデスクに戻り、もう一度さっきのデータを確認する。……うん、大崎部長の判は押印されている。作成者は……経理部の近藤さん。顔や社歴どころか、男性か女性かもわからない。

私は社員名簿にアクセスして、近藤さんについて調べた。

――近藤侑子さん。五年前に新卒で入社。総務部で四年勤めて、今年から経理部所属。

社員名簿にある近藤さんの写真は入社当時のもので、真面目そうで初々しい女性だった。

同席してもらうことになる大崎部長とは、一度会ったことがあるのでわかる。私は、社員名簿のページからログアウトした。


社員食堂でお昼ご飯を食べ、午後からの勤務開始。私はタブレットを持って経理部があるフロアに移動し、忙しそうに働いている社員さんに声をかける。

「すみません、秘書課の一ノ瀬と申します。大崎部長にアポを取っているのですが、どちらにいらっしゃいますか？」

「部長でしたら、奥の席に……ご案内しましょうか？」

そう言った男性社員の視線の先に、恰幅のいい中年男性が座っているのが見えた。以前と同じ顔だから、あの人が大崎部長だ。

「ありがとうございます、お顔はわかりますから大丈夫です」

私は男性社員にお礼を言った後、経理部のデスクが並ぶスペースに入った。

「大崎部長」

人の合間を縫って進んだ私が呼びかけると、大崎部長はぱっと顔を上げた。そして、微妙に困った表情になる。

……月足課長からある程度のことは聞いていて、面倒だけど私が楓さんの妻だから無碍にもできない、というところだろうか。そんなに公私混同していたつもりはないけどなあ……

「どうぞ、応接室に。――近藤くん、君も一緒に」

「はい」

眼鏡をかけた女性が立ち上がり、近づいてくる。私は大崎部長に続いて応接室に入った。私が大崎部長の向かい合わせに座ると、近藤さんは彼の隣に腰を下ろす。

「こちらが近藤です。近藤くん、こちらは一ノ瀬専務の第二秘書の一ノ瀬さんだ」

「存じています」

軽く会釈した近藤さんは、訝しげな目を私に向けた。……公私混同の秘書だと思われているのがよくわかる。

「それで、一ノ瀬さん。近藤に何か」

「相島貿易さまとの取引について、近藤さんにお伺いしたい点があります」

私はタブレットを置き、データを呼び出した。

「ここの『仕入れ調整額』というのは、一体何の数字ですか？」

「……はい？」

「請求書との差額です」

あっさり答えられ、私は思わず訊き返した。大崎部長も目が点になっている。

「差額って……何の数字ですか」

「こちらの仕入れ元帳の金額との差額です」

当たり前のことを訊くなと言わんばかりの態度に、私は戸惑った。え、私が間違ってる？

「例えば、相島貿易からの請求額が三千万だとしますよね。うちの仕入れ額が二千九百万だったら、その差額の百万を入力するんです。でないと合わないでしょう？」

明らかに私を見下した近藤さんの言葉に、苛立つより先に唖然とした。——それは、背任行為ではないだろうか。経理のことは詳しくないけれど、月足課長の言葉どおりなら、数字を照合して一致しなければ先方にそう連絡するのが一ノ瀬商事のやり方のはずだ。

「その……その調整額の裏づけは？」

「裏づけ？　どうしてですか。向こうが三千万請求してきてるんですから、その額を払うのが経理ですよ」

私の問いに、近藤さんは鬱陶しそうに答える。何もわかってない子どもに言い聞かせるような口調だけど、言っている内容は社会人のものではない。

「申し訳ありません！」

次の瞬間、大崎部長が、応接テーブルに頭をぶつけそうなほど勢いよく頭を下げていた。

「私の監督不行届きで……！」

「あの、大崎部長。失礼ながら、近藤さんがそのやり方で支払い手続きを行っていたなら、相島貿易さま以外とも……ではないかと思うのですが」

「私のやり方が間違ってるって言うんですか⁉」

いきなり激昂されたけど、正直、近藤さんにかまっている場合ではない気がする。私は大崎部長にもう一度注意を促した。

「私が気づいたのは相島貿易さまだけですが、他に近藤さんが担当されている取引先も確認した方がよろしいかと思います」

「はい、それはもう、すぐに……！」

「部長！　経理のこともわからない人の言うことなんて！」

「わかってないのは君だ！」

一喝して、大崎部長はほんの少しの間に一回り痩せたように小さくなっている。

「こっちの数字を、一方的に向こうに合わせていたとは……君は経理を何だと思ってるんだ！」

「ですから、そうしないと支払いができないと……」

「それを照合して一致させるのが経理の仕事だろう！」

怒鳴りつけられた近藤さんだけでなく、私もその声の大きさにびくっと体が跳ねた。それほど、大崎部長は怒っている。監督不行届きで懲戒処分になりかねないのだから、当然の怒りかもしれない。

「最初からこんなことをしてたのか」

「何がですか」

「支払い決済だ！　全部、こんなやり方でやってきたのか！」

大崎部長がどんなに怒っても、近藤さんはまったく揺るがない。微塵も反省していないというより、理解していない。

「このやり方の何がおかしいんです⁉　今までずっと問題なくやってきました！」

社内監査で気づかなかったのかな。一ノ瀬商事くらいの規模になれば税理士や専門家が付いているけれど、まさか自社に損害を与える形で「調整額」を入力していたとは、気づけないかもしれない。

「君は……！　もう黙れ！」

「……あの、大崎部長」

私の声に、近藤さんを叱責していた大崎部長が顔をこちらに向けた。顔色は真っ青なのに、汗が浮き出ている。

「私の一存で判断できることではないので、上司に報告させていただきます」

「い、一ノ瀬さん……」

途端、大崎部長が脱力した。泣きそうな表情で私を見ている。心から同情するけれど、このままにはできない。

「大崎部長のお気持ちは、わかるつもりですが……」

だって、近藤さんは何が悪かったのかわかっていない。むしろ、理不尽に叱責されたとすら思っていそうだ。

「……申し訳ありません。本当に……申し訳ありません。専務には、私の監督不行届きだとお伝えください……」

力なくそう言った大崎部長の隣で、近藤さんはじっとりとした目で私を睨み続けていた。

＊＊＊

「経理部が？」

俺の問いかけに、月足が頷く。会合を終えて帰社する車を運転しながら、月足は言葉を継いだ。

「一ノ瀬さんに、事情を聞いてきてもらうよう指示しましたが。ミスではなく故意の可能性もあるのではないでしょうか」

「社内監査で気づかなかったのか」

二年前、税務調査は入っていたはずだ。それに際し、帳簿類はすべて精査した。社内監査も、毎年きちんと行っている。

「入力科目が間違っていなければ、システムは異常通知しませんからね。少し調べてみましたが、見積もりと実費が違っていた場合などは調整額の科目を使っていたようです。何より、今年からの配属ですし……今年度の社内監査はまだ先です」

渋滞している大通りを、丁寧な運転で器用に進んでいく。月足はタクシードライバーになってもやっていけるだろう。

「そういった部分も今後の課題か。――帰社したら報告に来るよう、桃香に指示してくれ」

「承知しました」

その時の俺は、累計しても数百万円程度の差異だから、深く考えてはいなかった。その数百万円で懲戒処分になり、人生が変わる社員たちがいることを失念していた。

一ノ瀬商事に帰社し、椅子に座った途端、内線が鳴る。スピーカーにして応答すると、桃香からだった。

『一ノ瀬です。月足課長からの指示で、伺ってもよろしいでしょうか』

「わかった。五分後に」

『かしこまりました』

桃香がビジネス口調で答え、俺は通話を切った。不在中も冷房が完備されていた室内で、スーツのジャケットを脱ぎ、ウェストコート姿になる。ネクタイを少し緩めながら、備えつけの冷蔵庫から取り出したペットボトルの緑茶を飲んだ。

そうするうちに五分が過ぎ、モニターフォンが桃香の声を伝える。解錠すると、桃香が室内に入ってきた。その表情が、微妙に困惑を含んでいた。

「どうかしたのか」

咄嗟に口をついたのは気遣う声だった。が、桃香は俺の心配に気づかず、首を横に振った。まとめられた髪が少し揺れ、後れ毛が悩ましい。

「……相島貿易さまとの決済について、経理部で事情を伺ってきました」

そして説明されるうちに、俺は眉間に皺が寄るのを自覚した。――知識以前に、社会常識のない人間が経理部に配置されていたとは想定外すぎる。

「……それで？」

「私の一存では、ということで専務にご報告させていただくことはお伝えしました。ただ……」

「ただ？」

「本当に予想外で……大崎部長も、監督不行届きだとはおっしゃっていましたが、今回のことは予想の範疇ではないと思います」

「それは認める」

まさか、取引先の請求額に合わせる為に仕入れ調整額を入力していたとは誰も思わないだろう。納品処理が抜けていたか、あるいは値引きや返品の処理がされていなかったか、そちらを考えるのが妥当だ。

「累計の損害額は？」

「それが……私が調べた限りでは、相島貿易さまへの過払いは累計して三百万円ほどです」

「意外に少ないな」

何気なく言った俺の言葉に、桃香は言いにくそうに続けた。

「その……多く請求されていたことばかりでもありませんし……何より、近藤さんが担当した取引先は相島貿易さまだけではありませんので、修正総額だともっと大きな数字になります」

「……最悪だ」

思わず額を押さえた。つまり支払いが不足したこともあるわけだ。聞けば、担当者は、過小請求された際は値引き処理をしていたらしい。繰り返すが、最悪の事態だ。

「――顧問弁護士と税理士に連絡してくれ。支払いは、間に合う分は修正するように。それから、相島貿易の社長にアポを」

「アポイントの日程はどうしましょう？　専務のスケジュールは、明日以降は一週間先まで埋まっていますが」

「社内会議……いや、グループに関する会議ならどうとでもする。相島貿易とのアポを最優先で。他にも、その社員が担当していた取引先との話し合いを優先だ。後は月足と相談して決めてくれていい。決定したら知らせてくれ」

「かしこまりました」

一礼して立ち去ろうとした桃香を、呼び止める。

「桃香」

「……会社では、名前で呼ばないでください」

「君が気づいてくれてよかった。ありがとう」

俺が礼を言うと、桃香は少し驚いたように目を丸くして――それから、優しく微笑んだ。

「はい」

小さな声が、俺の心にやわらかく響いた。――桃香が笑うと、俺は嬉しくなる。それが何故なのかは、わからないままにしておいた。今はまだ、このままでいい。

仕事が一段落したので、時計を見たら十八時になろうかという時刻だった。そろそろ一般社員、つまり桃香の退社時間だ。桃香は俺の秘書ではあるが、月足がいるので俺のスケジュールに合わせて働いているわけではない。

俺はふと思いついて、内線で桃香に連絡した。

『――はい、一ノ瀬です』

「もうすぐ退社時間だろう？　今日は俺も早く上がれるから、外食しないか」

『……仕事中なんですけど』

真面目な桃香は、勤務時間中の公私混同は嫌らしい。が、そう言っているうちに時計は十八時になった。

「――退社時間だ。ここからは君のプライベートだから、俺は命令しない」

俺の仕事の都合上、食事は一緒に摂らないことも多い。が、今日は彼女を労いたかった。

「帰って夕飯の支度をするのも大変だと思うし、俺も手伝うよりは外食したい」

『……私、着替えがないので。このスーツで行けるところなら、いいですよ』

「わかった。鮨でいいか」

『予約してないですよね？　あまり高いところは嫌です』

「そんなに高くない。前に君が買った服の方が高い」

『いつの話かわかりません！』

抗議する桃香に、最初のデートの時だと答えたらやっと納得してくれた。一人分で酒抜きならあの服より安いから、嘘はついていない。

「じゃあ、エントランスにタクシーを廻させるから待っててくれ」

俺は馴染みの親方に飛び込み予約を入れる必要がある。タクシーは、月足に手配してもらえばいいだろう。

『あまり待たされるのは嫌です』

珍しく軽口を言う桃香に、俺は苦笑した。経理部とのやり取りはストレスだっただろうに、それを気づかせまいとする配慮が好ましい。

「わかった」

会話を終えた後、そのまま私用のスマホで夕食の予約を入れた。運良く第一候補の店が取れたので、月足にタクシーを廻すように連絡する。

脱いだままだったジャケットを着て、ネクタイを締め直す。デニスブルーのジャケットに合わせた黄蘗色のネクタイは、初めて肌を合わせた時の桃香のドレスを想起させた。あの夜以降、彼女とセックスはしていない。

——夕食前に考えることでもないな。

俺はスマホと財布だけを持って、エレベータでエントランスに降りた。エントランスは、退社する社員でひしめいている。その中から、桃香が着ていたスーツの灰桜色を探す。

濃紺やグレーの男達、そして正反対に華やかな白やオレンジ、薄桃色の女性達。その向こう、エントランスの隅に桃香が立っていた。バレエを習っていたからか、立ち姿もすらりとしている。

桃香、と声をかける為に近づいたところで、視界の隅に黒い影が映る。

「あんたのせいで！」

甲高い女の怒声、それが耳に届いた瞬間、俺は咄嗟に動いていた。

「――桃香！」

名を呼んで腕を引こうとした瞬間、桃香が振り向き――目を瞠った。

眼鏡をかけた女が、カッターナイフを持って襲いかかった。間に合わない、そう思った瞬間に桃香が持っていたバッグを顔の前に上げ、そこにカッターの刃が突き刺さる。

「あんたなんか……！」

女は苛立ちながらカッターから手を離し、両手が塞がっている桃香に体当たりした。そのままエントランスに倒れた桃香に馬乗りして殴ろうとした手を、ギリギリで押さえることができた。

ドラマの中の出来事を見るように息を呑んでいる人混みを見回し、駆け寄ってくる警備員に叫んだ。

「警察を呼べ！」

俺は女の腕を捻り上げ、警備員に引き渡した。倒れている桃香に駆け寄り、跪く。

「桃香」

「……っ、楓さ……」

答える声にほっとした。意識はある。転倒させられた時に怪我をしていないか心配で、腕を取ってそっと立ち上がらせた。途端、桃香が眉を顰める。

「痛むのか」

「……手首、痛いです」

「すまない」

俺が慌てて手を離すと、桃香はまだ痛みを堪（こら）えるような表情だった。左の手首を、何度も撫でている。

「ちょっと見せろ」

剥（む）き出しだった腕にはいくつかの擦（す）り傷を負っていて、左の手首は、右に比べると腫れているように見える。

「変に捻ったか？　すぐに病院——救急車を」

スマホを取り出そうとした俺を、桃香が止める。

「平気、です」

「痛むんだろう。——それに」

警備員たちに押さえ込まれた女をちらと見て、俺は言葉を続けた。

「どうせ事情聴取される。その前にきちんと手当てしてもらいなさい」

俺がそう言うと、桃香は困りきった顔になる。

「近藤さんは」

「警察に任せればいい」

「……私」

間違ったんでしょうか。

小さく呟いた桃香を、俺はそっと抱き寄せた。エントランスの騒ぎが外に漏れないよう警備責任者に指示した後、外で待たせていたタクシーに乗る。

「予定とは違いますが、一ノ瀬総合病院へ」

「かしこまりました」

運転手は特段の疑問もなく、目的地の変更を受け入れてくれる。俺はジャケットを脱いで桃香に羽織らせた。白い腕に残った擦り傷は、かなり目立つ。

「……すみません」

桃香は、上手く左手が使えないようだった。シートベルトを締めてやると、申し訳なさそうに礼を言う。俺は彼女の左側に座り、自分のシートベルトを締め、謝罪を口にした。

「……すまなかった」

「どうして楓さんが謝るんですか？」

「間に合わなかった」

ギリ、と歯噛みしたい思いで呟いた俺に、桃香は何度か瞬きを繰り返す。

「間に合いましたよ。声をかけてくれたから、バッグを盾にできました」

「そうじゃなくて」

守れなかった。怪我をさせてしまった。――そのことがこんなにも腹立たしいのは、彼女が俺の妻だから。俺が守るべき存在だから。それだけだ。

そう思っていたのに。

「君が逆恨みされることを想定しなかった。俺のミスだ」

「近藤さんに話したのは、月足課長の指示ですよ」

課長のミスでもないですけど、と付け足した桃香に、俺は首を振った。

「君の、その……冷静であろうとするところは尊敬するが」

俺は、右腕で桃香の頭を撫でた。

「怖かったんだろう。泣いていい」

タクシーの中ではあるが、運転手は素知らぬ顔をしてくれている。

「……怖く、は……」

強がろうとして、桃香がぽろりと涙を零す。半ば無理矢理抱いた夜を思い出すから、俺は桃香の泣き顔は好きじゃない。

なのに、ぽろぽろと真珠のように零れ落ちる涙を、その泣き顔を、綺麗だと思った。綺麗だが、もう泣かせたくない。彼女の涙を、俺以外に見せたくない。——この、胸を締めつける痛みの名前を知りたい。

「……ちゃんとできると思ったんです」

零れる涙を拭いもせず、桃香は悔しそうに呟いた。

「ミスを指摘されて、嫌な気持ちにならない人なんていないのに。そんなこと、わかってなかった自分が情けなくて」

「逆恨みして、襲ってくるような人間ばかりじゃない。普通は、反省して処分を受け入れる」

「そういう見極めができなかったんです。そのせいで……こんな騒ぎになって」

俺の妻でもある秘書が一ノ瀬商事の社員に襲われたとなると、会社のイメージが悪くなる。そんな懸念なのか、桃香は泣き笑いの表情になった。

「……楓さんに、これ以上迷惑はかけたくなかったのに……」

自嘲するような言葉と、流している涙。俺に迷惑をかけたくなかったと言い、決して甘えようとしない姿にまた心の奥が疼き――桃香に頼られたい、甘えてほしいという気持ちに気づいた。

桃香の努力する姿に惹かれ、頼られたいと思う。同時に、誰にも見せたくないと子供じみた独占欲が芽生える。

桃香が笑えば嬉しい。もっと笑ってほしい。泣かれたら、どうしていいかわからなくなる。

好きなだけ泣かせればいいのか、それとも泣き止んでほしいのか、それすらわからない。ただ、その泣き顔も愛しいと想う。笑顔を見た方が嬉しいはずなのに、自分の感情がままならない。桃香の泣き顔から、目が離せない。

――それが、恋だと知った。

二十七年生きてきて、初めて知った感情だった。

4．御曹司は片想いを拗らせる

楓さんに連れられ、一ノ瀬グループ傘下の病院に時間外で診察してもらった。もちろん、夕食はキャンセル――のはずだったんだけど、楓さんが「無理に取った予約だから」と、月足課長と奥さまに代理で行ってもらった。

私の左手は骨折はしていないもののヒビが入っていて、全治二ヶ月とのことだった。そして、診察を終えた途端に事情聴取。犯人――近藤侑子さんは大崎部長からの叱責を受けたことで、私を恨んでいると供述したらしい。

どうして、もっと上手く立ち回れなかったんだろう。

自己嫌悪に陥りながら、殺風景な警察署の待合室で、私とは別に事情聴取中の楓さんを待つ。楓さんも近藤さんを取り押さえたから、当事者になるらしい。

とはいえ、被害者の私より長く拘束する必要はないはずだ。そう思っていたら、一ノ瀬家の顧問弁護士である宗石（むねいし）先生が到着し、それからすぐに楓さんも解放された。

「……待っていたのか」

「待ちますよ。待つに決まってます」

だって、私のせいで事情聴取を受けていたんだから。

「君は怪我人だ。先に帰って休ませるよう言ったのに、あの刑事……」

楓さんは担当した刑事さんに不満のようだけど、帰っていいとは言われていた。ただ、明日以降も事情聴取に協力してほしいとも言われた。

大した怪我ではないけど、全治二ヶ月は一般的には重傷の部類だろう。私は、加害者である近藤さんに、どう対応すればいいのかわからない。宗石先生に任せてしまっていいのかな。

「腹が空いたな。帰るか」

「……作り置きしかありませんけど」

もう、日付が変わっている。夕食ではなく夜食という時間帯だ。冷蔵庫に食材はあるけど、短時間で何が作れるだろうか。私が思案していたら、楓さんがぽんと頭を撫でた。……子ども扱いされたような、ただ労られたような、不思議な感覚がする。触れられたことに拒絶感はない。

「俺が作る。君は、自分が怪我人だという自覚を持て」

そう言うと、楓さんは小さく身震いした。

「冷えるな」

「あ……すみません、借りっ放しで」

診察後も羽織ったままだったジャケットを返そうとしたら、楓さんはやわらかな笑みを刷いた。

「着ておいていい。全部、手当てしてもらったか？」

「はい。手首以外は掠り傷ばかりですし」

倒れた時に作った傷は、きちんと手当てしてもらっている。擦り剝いただけなので、痕も残らないだろうと診断された。

そう伝えたら、楓さんはほっとしたように笑った。

そして、楓さんがアプリで呼んだタクシーに乗って、私たちはマンションに帰り着いた。

帰宅するなり、楓さんは私をバスルームに放り込んだ。その間に夜食を作るから、と。

ギプスで固定されているのは左の手首だけとはいえ、着替えが大変だ。前ボタン式の服以外はやめておこうと誓い、苦戦しつつも何とか服を脱ぐ。

今日はシャワーだけ、しかも手首を濡らさないようにと言われている。ぬるめのお湯を浴び、片手で髪と体を洗った。普段の倍以上の時間がかかったと思う。

バスルームから出て、今日はバスローブにした。ナイトウェアを着るのが面倒すぎるから。

髪を右手で拭き、ダイニングルームに入る。ふわっとした出汁の香りが、忘れていた食欲を刺激した。

「お風呂、終わりました」

「時間がかかったな。手伝ってやりたかったが、さすがにな」

「さすがにそれは」

恥ずかしいので、丁重にお断りしたい。私の答えは予想していたらしく、楓さんは心配そうに顔を覗き込んできた。美形の至近距離は、心臓に悪い。

「痛むか？」

「いえ。痛み止めが効いてるんだと思います」

「明日は出社しなくていい。病院で専門医にもう一度診てもらうように」

「……今日の先生も、専門でしたけど」

「MRは撮ってないだろう。全身、隈なく診てもらいなさい。明日になって痛みが出る場合もあり得る」

手足の掠り傷まで全部手当てしてもらったと言ったのに、楓さんは心配性なのかもしれない。

まあ、私の被害が確定しないと近藤さんの罪状も決まらないらしいから、診断書は必要だし、もう一度診てもらうくらいは仕方ないのかな。私が頷くと、楓さんは安心したように微笑んだ。

「利き手じゃなかったのは幸いだが」

「それはもう、本当に」

私の心からの言葉に笑みを深くして、楓さんは、小振りの器に、しらすとしめじ、卵とほうれん草の雑炊を盛りつけてくれる。

いただきますと手を合わせ——られないまま、私はレンゲを手にした。その間に、楓さんが麦茶をグラスに注いだ。

「何から何まですみません」

「君は怪我人だからな」

労るものだ、と当たり前のように言い、楓さんも私の向かいに座って食事を始めた。

会話はないけど、気にならない。沈黙が、少しも苦痛じゃない。そんな風に過ごせる相手は初めてで、私は内心で戸惑っている。

何となく、楓さんとの心の距離が縮まった。そんな気がした。

それから一ヶ月、特に何事もなく平和な日常を送っている。樫原コーポレーションのレセプションは、着物で参加した。さすがに、シーネを巻いた腕を晒す度胸はなかったけど、見えてしまっていたのか何人かに声をかけられ、その度に楓さんに助けられた。殆どずっと、私に付きっきりにしてしまって申し訳なかった。

仕事の方は問題ない。左手は使えなくても、右手でフリック入力やタイピングはできる。手首の様子見の間は、ヨーロッパの取引先から届いた英語やフランス語のメール、それから招待状を日本語に訳して月足課長に提出した。重いものは持たせるなと楓さんから指示があったそうで、月足課長は「そんなに重いものはないんですけどね」と笑っていた。

他にも、近藤さんの件で何度か警察に呼ばれ、その度に遅刻したり早退していたから、月足課長には申し訳なかった。謝罪したら、刑事事件になる以上は仕方ないと慰められた。

近藤さんの処分は、懲戒免職になった。私の怪我が重傷だったこともあり、検察は起訴の方向で進めていると聞く。メディアには、一ノ瀬商事の社員が御曹司の妻相手に傷害事件を起こしたことが騒がれたおかげで、相島貿易他とのことは話題にもならなかった。

私が一番危惧したのはその件なので、ほっとしている。楓さんは民事でも訴えるつもりだったらしく、私が拒否した時は微妙に不満そうだったけれど、世間に知れたら不祥事の二重奏だ。無理矢理納得してもらった。

相島貿易とは、弁護士と税理士のアドバイスを受けた楓さんが直接やり取りしたから、私も詳細は知らされていない。ただ、あちらも請求漏れや過剰請求があったことや、殆どは支払期日前に修正できたということで、あまり無茶な要求はされていないみたい。

そして今日、残暑厳しい八月下旬。私は、お医者さまから完治のお墨付きをいただいて、一ノ瀬商事に午後から出勤である。

秘書課の前を通る時は、挨拶をする。今日も出社の挨拶をしたら、デキる女性を絵にしたような美女、菅沼唯さんに声をかけられた。

「おはようございます」

「おはようございます、一ノ瀬さん。ちょっといい？」

「はい」

秘書課の人から個人的に声をかけられるのは、実は珍しい。私が楓さんと結婚しているのは知られているから、当たり障りない会話と仕事上の付き合いしかないのである。

「あのね、今更だけど歓迎会をって話になって」

「どなたの歓迎会ですか？」

「一ノ瀬さんの！　本当は仕事に慣れてきた頃にって課長に言われてて、先月くらいのつもりで計画してたんだけど……」

徐々にトーンダウンする菅沼さんに、私は頷いた。予定が狂ったのは、間違いなく私の怪我のせいだろう。

「私が怪我をしたからですね。段取りを狂わせてすみません」

「怪我したんじゃなくて、させられた被害者でしょ。……それで、一ノ瀬さんの都合のいい日があれば、そこに合わせようってことになって」

そう言いながら、菅沼さんはメモをくれた。九月のカレンダーで、いくつかの休前日に○が付けられている。

「この、○が付いている日ならどこでもいいから。明後日までに返事をくれると助かるかな。急かして申し訳ないんだけど」

「歓迎会の方が申し訳ないです」

「一ノ瀬さん以外は、入社式の後に済ませてるの。一ノ瀬さんだけ『特別扱い』はしません」

悪戯っぽく笑う菅沼さんに釣られて、私も笑う。メモを受け取り、バッグに入れた。

「わかりました。明日か明後日の朝にお返事します」

「お願いね。直接、私に言って。人伝てにすると混乱するから」

呼び止めてごめんなさいと微笑んで、菅沼さんは席に戻っていく。私も会釈を返し、第二秘書室に向かった。


結局、九月の最初の金曜日に、歓迎会をしてもらうことになった。菅沼さんに案内されて行ったのは、一流ホテルのサロンルームだった。どこから出るの、そのお金。

「こういう会の費用は、会社が半額まで負担してくれるの。だから私たちはそんなにお金かかってないから、気にしないでね」

　仕事上の飲み会だけど、仕事用のスーツ姿だと仕事気分が抜けない！　歓迎会にならない！　という一部の人たちの主張により、私服参加ということになった。

　私と菅沼さんは会社の更衣室で私服に着替え、手荷物はホテルの受付に預ける。小さなカーフのバッグに、スマホとお財布だけを入れて手に持った。

　菅沼さんは、華やかな美貌によく似合う茜色のワンピースを着ている。私は、アイスグリーンとシクラメンピンクのプリントドレスだ。これは、楓さんが見立ててくれた。

「ご案内は如何（いかが）いたしましょう？」

　ホテルのスタッフが声をかけてくれたけど、菅沼さんが断る。何度か訪れたことがあるとかで、サロンの場所はわかっているそうだ。

「一ノ瀬さんが来るまでは、乾杯してないと思いたいんだけど」

　エレベータで目的のフロアに上がりながら、菅沼さんが溜息をついた。

「課長が不在でしょ？　羽目を外してないか心配」

　月足課長は、今日は楓さんと一緒に横田商事との会食だ。私がこの日にしたのは、飲み会に出るなら、楓さんが不在の日の方が気を遣わずにすむから。結婚して三ヶ月の夫を放り出して飲むというのは、熱愛という設定の私たちにはちょっと都合がよろしくないのだ。

「一ノ瀬さん、お酒は強い？」

「普通だと思います。酔い潰れたことはありませんけど、強いとは思いません」

「それじゃ、程々にしなきゃね」

そう言って、菅沼さんはアールデコな装飾の扉を開いた。五十畳はありそうな広い空間に、秘書課の人達が思い思いの姿勢で寛いでいた。立食式のパーティーで予約したと聞いたとおり、部屋のあちこちに片手で摘まめる料理と飲み物が用意されている。

「一ノ瀬さんを連れて来ました！　皆、乾杯の準備！」

課長不在の秘書課メンバーを仕切るのは、菅沼さんだ。どう見ても二十代後半な菅沼さんは、以前うっかり社歴を聞いた私に、にっこりと完璧な笑みで「十五年を超えたわ」と答えてくれた。

菅沼さんの声を受けて、皆が輪になってグラスを掲げる。私はその真正面に立たされ、菅沼さんからシャンパンのグラスを渡された。

「それじゃ、一ノ瀬さんの入社と怪我の完治を祝って！　乾杯！」

かんぱーい、という声とグラスを合わせる透明な音が響く中、私は一息にシャンパンを煽る。テタンジェのロゼだった。

「一ノ瀬さん、これ、おいしいわよ」

「グラス空いてるね、次もシャンパンでいい？」

皆が話しかけながら勧めてくれる料理やグラスを受け取って、お礼を言う。

私はスモークサーモンのテリーヌとフリッタータ、リエットのバゲットサンドを皿に取り、部屋の片隅に身を寄せた。歓迎会といっても、働き始めてもう三ヶ月になる。私があまり人付き合いが得意でないのは皆知っているらしく、程々の距離を保ってくれる。

時折話しかけられながら、私は飲食に没頭した。イクラの一口タルトに鰹のカルパッチョ、車海老のサルピコン、どれも目に美しく舌においしい。

次はお肉にしようかな、とお料理を吟味していたら、菅沼さんたちに声をかけられた。

「一ノ瀬さん、ここのローストビーフは絶品よ」

くるりと一口サイズに巻いてピックで留めたローストビーフを差し出されたので、受け取って口に運ぶ。グレイビーソースにコクがあって、お肉が蕩けるようにやわらかい。

「おいしい」

「こっちはどう？　ジョニー・ウォーカーのブルーラベル」

「いただきます」

ショットグラスに注がれたスコッチウィスキーをくいっと飲むと、思ったより飲みやすい。

「いける口ね？」

笑いながら、菅沼さんの隣にいた岬成美さんが今度はロイヤルロッホナガーを注いでくれた。おいしくいただきます、はい。

——と、その後も皆に勧められるままにセイヴォリーを食べ、ワインやブランデーを飲んでいたら。

不意に、きゅうっと世界が回転した。

「……あ」

立ち眩みに目を瞬かせていると、少し離れた場所にいた菅沼さんが血相を変えて飛んできた。

「一ノ瀬さん！」

「はい……」

くらくらする。もしかして、酔ったのかな。意識はしっかりしてるのに、体に力が入らない。

座り込む醜態は晒さなかったものの、立っていられなくなりそうで、私は近くの壁に凭れかかった。

「ちょっと、誰なの、こんなに飲ませて！」

「へいき、です」

「真っ赤な顔で何言ってるの、目の焦点合ってない！」

「唯、大声出さないで。一ノ瀬さん、これ、お水」

「ありがとうございます……」

岬さんが渡してくれたグラスのお水を飲んだけれど、目眩は治らない。

「二次会どころじゃないわ、誰か専務に連絡して」

菅沼さんがそう言ったので、私は慌てて止めた。楓さんを呼ぶほどのことではないし、そんな迷惑はかけられない。

「大丈夫です」

「大丈夫って言ってるつもりだと思うけど、言えてないから」

冷静に指摘して、菅沼さんはスマホを取り出した。私の制止は無視され、近くにあった椅子に座らされた。

「──すみません、課長。菅沼です。──はい、それは問題ないんですけれど。一ノ瀬さんに、少し飲ませすぎてしまって」

岬さんにお水をもらいながら、力の入らない体は、意識とは別々──他人の体みたいで、違和感がすごい。

「はい。……はい、わかりました」

失礼しますと電話を切って、菅沼さんが私に目線を合わせた。

「専務が、すぐに迎えにいらっしゃるそうだから」

「え……」

「ごめんなさい、私たちが調子に乗って飲ませすぎたわ。主賓を酔い潰してどうするのって話よ」

菅沼さんと岬さんが謝ってくるけど、飲んだのは私の意思だ。無理に飲まされたわけではないので、否定する為に首を振ろうとしたら体が揺れた。

「私が飲んだだけで、菅沼さんたちの責任では……」

う、気持ち悪いのに吐き気がない。体と意識の乖離で、頭がぐらぐらする。

「とっくに成人してますし」

「それでも、よ。一ノ瀬さんは新人なんだから、酒量を気にかけるのが私たちの責任」

「すみません」

「会話はしっかりしてきたわね。唯、ここ、人気（ひとけ）が多いから外に出ましょうか」

岬さんの提案はありがたい。ここに楓さんが来ると思うと、気が重くなる。

「一人で大丈夫です」

付き添ってくれようとした菅沼さんに、私はできるだけ丁寧に断った。もう二十四歳だ。子どもじゃないだけに、泥酔して付き添いが必要というのは恥ずかしい。

「でも」

「本当に、大丈夫です。外のソファに座って待ってますから」

場の空気を壊したくない私の懇願に、菅沼さんと岬さんは顔を見合わせて——頷いてくれた。

私は二人に支えられながらサロンルームを出て、廊下にあったソファに座り込む。

「残していくのが心配なんだけど。やっぱり、専務がいらっしゃるまで私が付き添うわ」

「本当に大丈夫です。お酒も少し抜けましたし。岬さんも、ありがとうございます」

「……それでも付き添うって言ったら、余計な気を遣わせそうね。名誉挽回、仕切り直しのチャンスはもらえる?」

「はい」

つい笑った私に、菅沼さんと岬さんは安心したように頷き、サロンルームに戻っていった。

一人になった廊下で、深呼吸した。……自分の息から、お酒の匂いがする。

アルコールで火照った体には、少し肌寒いかもしれない。私は小さく体を震わせ、もう一度深い息を吐いた。

その時、廊下の向こう——男性用のエチケットルームから出てきた人がいた。一ノ瀬商事の人だろうかと思ったけど、違う。彼は……以前、お見合いをした相手だ。しかも、あまり会いたくないタイプだった人。

「眞宮さん？」

近づいてきた男性が、いきなり私の右隣に座る。パーソナルスペースに踏み込まれたことに嫌悪を感じ、立ち上がりたいけど力が入らない。

「……お久しぶりです」

「そこのサロンルームでパーティー？　すごいな、眞宮不動産が持ち直したって噂は本当なんだ」

三十そこそこに見える男性――宮本（みやもと）さんは、派手なシルバーのスーツを着ていた。が、スーツはどうでもいい。問題は、彼が強い香水を纏（まと）っていることだ。

きつい香水の匂いで一気に気持ち悪くなった私が顔を背けると、宮本さんは私の右腕を掴んだ。

「離してくださ……」

「知らない仲じゃないんだし、少しくらい話そうよ」

この距離感のなさが嫌で、初回でお断りしたのだ。田之倉（たのくら）カンパニーの子会社の御曹司で、私にはちょうどいい立場の人だったけれど、価値観が合いそうになかった。

「離して」

振り払おうとしたけど、体を上手く扱えない。酒量を忘れて飲んだ結果がこの醜態。自分が情けなくなる。

「見合いの時も思ったけど、眞宮さん、綺麗な顔してるよね」

ぞわっとした嫌悪感が全身を這う。大声を出せば、サロンルームの中に聞こえるだろうか。そう思い、すうっと息を吸い込んだところで。

不意に、私の腕から彼の手が離れた。正しくは、引き剝がされた。

「な……!?」

何だよ、と文句を言いかけた宮本さんと、解放されたことに安堵した私が同時に顔を上げる。そこには、不機嫌そのものの楓さんが立っていた。

「俺の妻に触るな」

「は……？」

「妻に触るなと言っている。——警告より先に行動したのは謝罪してもいいが」

そう言う楓さんが掴んで捻り上げているのは、さっきまで私の腕を捕えていた宮本さんの手首だった。

「なら、謝ってもらおうじゃ——」

「体調の悪い妻に痴漢紛いのことをしていたと、そちらが謝罪したらな」

楓さんがちらりと視線を落とした先には、宮本さんの顔写真入りネームタグがあった。

「田之倉カンパニーの宮本くんか。では、会社の方に抗議させてもらう。——立てるか？」

前半とは別人のように優しい声で呼びかけた楓さんが、私の手を取った。

「誰だよ、おまえ」

腕を解放された宮本さんが唸るように言ったものの、楓さんは泰然自若としてまったく気に留めていない。

「俺の名刺が必要なら渡したいところだが、手が塞がっている」

楓さんは私を支えるように両肩を抱いているので、確かに手は空いていない。――そういう問題じゃない気はする。

「週明けに、一ノ瀬楓から個人的な苦情が届く。君の言い分はその時に」

気圧されて黙った宮本さんに言い捨てて、楓さんは私を抱き上げた。私は慌てて脚を閉じ、ドレスの裾を確かめる。……長めの丈でよかった。

「あ、歩けます！」

「あの程度のことに対応できないくらい酔っている女性は、歩かせるより運んだ方が早い」

私の抵抗を無視して、楓さんは静かな廊下をすたすたと歩く。それなりに人がいたエントランスも気にせず通り抜け、地下の駐車場に停めてあった車の後部座席に私を座らせた。

「服……」

「服？」

「着替え、受付に預けたんです」

「後で送ってもらうようにする。――車を出すから、楽な姿勢にするといい」

楓さんは運転席に座り、とても静かに車を発進させる。微かな振動が心地よく響いてきて、私は――衆目の中でお姫さま抱っこされたという羞恥の為、眠れなかった。

翌日。爽やかな秋晴れの土曜日。朝一番にシャワーを浴びてお酒を抜いた私は、楓さんにお説教されている。

「酒を飲むなとは言わない。飲まれるな」

「はい」

「ワインにシャンパンにウィスキー？　随分幅広く飲んだようだが」

「申し訳ありません」

優雅な一人掛けソファに俺様座りした楓さんの向かいで、私は反省を込めて正座中だ。ドイツ製の革張りのソファはしっかりした造りで、正座しても揺るぎない。

「……まあ、たまには羽目を外したいのもわかるが」

「え」

「君の生活は息が詰まるだろう。会社だけじゃなくプライベートも、仕事みたいなものだからな」

楓さんの言葉に、私は少し考えた。

確かに、契約結婚なんてものをしたから、私生活も契約の一環として過ごしているけれど。

それを息が詰まると感じたことはない。少なくとも、苦痛だとは思わない。そう、楓さんが配慮してくれている。私の方こそ、彼にちゃんと気遣いしていただろうかと反省の気持ちがわき上がった。

「気詰まりだとは思ってません。……むしろ楓さんに申し訳ないくらいで」

「そう言うが、君は口調も態度も硬いままだ。俺は素の生活をしているのに」

「それは……まあ、結婚といっても契約ですし……ビジネスパートナーに馴れ馴れしくはできないと言いますか」

しかも、会社の上司だ。公私混同を避ける為にも、私は楓さん相手に砕けた口調はできるだけ避けている。

「俺は普通に接しているんだが」

「そこは見解の相違です。楓さんは楓さんの好きにしてください。私は私なりの価値観で動いてますので」

私が主張すると、楓さんは小さく頷いた。薄っすらと微笑んだように見えたのは……その微笑みがやや獰猛だったのは、気のせいだと思いたい。

「わかった。好きにする」

言うなりソファから立ち、私を抱き上げた。

「……あの？」

「好きにすると言った」

「何を、好きになさると……？」

「君を。俺の好きにする」

その言葉の意味するところを理解して、私は青ざめた。まだ朝といっていい時間だ。

「それはちょっと！　こんな朝からなんて、あり得ません！」

「新婚三ヶ月で、一緒に寝たのは初夜だけだったな。その方があり得ない」

私はじたばたともがいたけど、楓さんにがっちりホールドされているし、落ちるのも怖いから暴れまくることもできない。

「子どもは授かりものだという契約だが、することをしないと授からない」

「積極的な妊活はしたくないと言いました！」

「三ヶ月に一回のセックスは、妊活以前の問題だ。健全な夫婦生活から程遠い」

私の抵抗にいちいち正論で返してくる楓さんは、いつの間にか彼の寝室のドアを開けていた。

初めて見る楓さんの寝室は、大きなベッド以外の家具がない。申し訳程度にサイドテーブルがあるだけで、本当に寝る為だけの部屋だった。

「どうしても嫌ならしないが」

私をポイッとベッドの上に下ろし、楓さんはシャツの襟元を緩めながら覆い被さってくる。しない選択肢がある人の態度じゃない！

「田之倉カンパニーの宮本。どういう関係だ？」

「疚しいことはありません」

そして責められるいわれもない。私がちょっとむくれると、楓さんはスッと目を眇めた。

「当然、結婚前の君の交遊関係には口出ししない。が、結婚したのに続いているなら話は別だ」

「去年の夏にお見合いして、私の方からお断りさせていただいた相手です」

正直に言ったのに、楓さんは両手を私の顔の横に置いて（これは壁ドンならぬ床ドンなのだろうか）、まだ不機嫌そうだった。何がお気に召さないのか。

「田之倉カンパニーなら、十億くらいの負債の肩代わりはできると思うが」

「それだけの価値が私にはありません」

契約結婚の為に、十億円以上をぽんと払える楓さんにはわからない感覚かもしれないけど。人生を買える金額だ。

「それは、君にその価値を見出した俺の目が節穴だと言っている？」

「そういうわけじゃありません。でも、過大評価だとは思ってます」

押し倒された私を覗き込んでくる楓さんの顔が、息が触れそうなほど近くにある。彫刻みたいに綺麗な顔は、どのパーツも整いすぎている。

「なら、その対価分を払ってもらいたいんだが」

「即物的！」

「男なんて簡単にその気になる。宮本も、君に対して『その気』だったようだし」

「そんなこと……」

ない、と言おうとして、私は楓さんの視線に絡め取られた。漆黒の瞳は熱を孕んでいて、私を狼狽えさせる。

「す、するのは……痛いんです」

咄嗟の言い訳だけれど、事実だ。行為した当日も翌日も、痛みと違和感が残っていた。

「痛い？　……ああ、処女だったものな」

納得したように呟き、楓さんは綺麗に笑った。

「そのうち慣れる。というか、しないと慣れない」

あまりの鬼畜発言に、私は茫然と彼を見上げる。私を見る楓さんの目が優しく細められ、ゆっくりとキスされた。

「っ、ん……！」

唇の間から侵入した舌が、口内で動き回る。いきなりのディープキスに驚いたら、舌がより奥に入ってきた。

やわらかな唇と、ねっとりと絡みつく熱い舌。押し当てられた感触と、口内を舐められる感覚。異なる触れ方が、私の思考を乱したままだ。

「ん、ん……！」

キスだって慣れていないのに、楓さんは構わず深いものに変えていく。唇を食べるように重ねられ、角度を変えながら合わせてくるキスは、単純に気持ち良かった。

楓さんの手が私の体を撫で、乳房を持ち上げる。大きな手が繊細に動き、下着がズレてそれほど大きくはない乳房を包んだ。

綺麗な指先が胸の先端をくりくりと突つき、摘まみ上げる。その刺激に息を呑んだ瞬間、舌が歯列をなぞる。

「んっ……、ふ、ぁ……！」

息を継ぐ為か僅かに離れた唇から、濡れた息が零れた。鼻にかかった甘ったるい声が自分のものだと思えなくて目を見開いた私の耳に、楓さんの唇が触れる。くすぐるみたいな舌の動きに、体の奥がぐずぐずと蕩けていく錯覚が襲う。

「君は、感じやすいな」

笑みを含んだ声が耳元で囁くと、全身に媚薬を注がれたように反応してしまう。落ち着いたテノールの声が聴覚に至福を与え、快楽に変えていく。

殆ど晒された乳房を強弱をつけて揉み、シャツと下着を脱がしながら、楓さんは私の耳を愛撫した。耳の形を確かめながら舌で辿り、耳朶をやんわりと噛む。その微かな刺激が、私の快感を煽った。

「っあ、ん……、そこ……っ」

「耳は嫌？」

耳全体をやわく食べられながら囁かれ、ぞくぞくした快感が背筋を這う。羞恥心を溶かす声は反則だ。

「あ、っ……あ、ん……！」

楓さんが耳元から離れ、ベッドに片手をついて私を見下ろしながら、乳房に愛撫の指を伸ばす。節のない綺麗な指が乳房を掴み、弾力を確かめながら揉みしだいた。

「あ……っん、あ……っ」

抑えようのない声が零れ、私は右手で口元を覆った。無防備に晒された左胸に楓さんの唇が寄せられ、右の乳房はやわらかく揉みしだかれる。

ちゅ、と小さな音がして、左の乳首が楓さんの口内に包まれた。熱い舌が乳首の周りを這い、だけど決定的な刺激はくれない。右の乳房は、楓さんの手の中で形を変え、乳首をくるくると転がされている。

左右で違う強さの愛撫を与えられ、私は物足りなさと強すぎる快感に混乱した。

「あ……っん、んぁ……！」

舐めながら吸い上げられるものの、乳首には触れない。舌で嬲(なぶ)られた周辺に熱い吐息がかかり、快感を覚えてしまう。それは素直に気持ちいいのに、触れてほしいところには届かないのがもどかしい。

けれど、自分からねだることもできない。どうしていいかわからなくて、熱を持った体を持て余す。

「桃香」

「つん、ふ、あ……っ」

乳首を口に含んだまま名前を呼ばれ、不規則に刺激される。呼吸が乱れた私に、楓さんは意地悪く囁いた。

「どこが良いのか言えたら、その通りにしてやる」

蜂蜜みたいに甘い声が、私の羞恥心を剥(は)ぎ取っていく。ぼうっとしてきた思考の中、私は楓さんに言われるままに口を開いた。

「右の、胸……」

「ここ？　やわらかくて張りがある。肌も綺麗だ」

そう褒めながら押し潰すように胸を揉む楓さんに、私は小さく首を振った。そこも気持ちいいけど、触れてほしいのは——

「そこ、違……」

「嫌？」

「や、じゃなくて……」

私は体をくねらせて、胸元にある楓さんの顔に乳房を押しつけた。その瞬間に乳首が彼の頬を掠め、待ちわびていた快感が走る。

「どこでこんな誘い方を覚えた？」

笑いながら、楓さんが左の乳首を離し、すぐに右側に吸いついた。ちゅる、と啜るように舐められて、私は喉を晒して仰け反った。

「ぁ、ん……っ、ん、あ……！」

「硬くなってる」

「や、喋るの、だめ……っ」

不規則に乳首に触れる舌や歯が、気持ち良い。私は、楓さんの頭をかき抱くように抱き締めた。

「いやらしい子だ」

揶揄しながら、楓さんは私の乳房を愛撫し、人差し指の先で鎖骨を撫でた。つうっと指が滑るように動くだけで、体が震えるほど気持ち良い。

「ん、っあ……、ん……っ」

両方の乳房を吸い上げられ、指で揉まれ、鎖骨や喉元を撫でられる。質感の違う愛撫を繰り返されるほどに、私の体は淫らにそれを受け入れ始める。

私の手から離れた楓さんが、お腹の辺りに唇を移動させる。ゆるゆると撫でた後に吸いつかれ、今までとは違った――性器に直結するような快感が襲ってきた。

「あ……っ」

「桃香。脚を開いて」

腹部にキスマークを付けながら、楓さんが言う。それは彼を受け入れる為に必要な、そしてとても恥ずかしいことなのに、私の体は逆らえない。

少し脚を開くと、楓さんの体が割り込んできた。そのことで更に脚を開かされ、穿いていたジーンズを脱がされる。そして、ショーツの上から秘裂を撫でられた。

「……っ」

息を呑んだ私を気にせず、楓さんは優しい手つきでソコを愛撫する。じわりと濡れていくのが、自分でもわかる。

「かえで、さ……っ」

「……ああ。こういう最中に名前を呼ばれるのは、かなりイイな」

意味不明なことを言って嘆息し、楓さんは私のショーツも脱がせた。一度だけ彼を受け入れた場所が、窓から入る明るい陽射しの下で晒される羞恥に、私は両手で顔を覆った。

「や……っ」

「何が嫌？　恥ずかしがる必要はない。綺麗な桜色だ」

そう言いながら指が秘花を開き、溢れた蜜を塗り込めながら私の胎内に挿入(はい)っていく。異物感はあるけれど、初めての時のような痛みはない。

「っ……あ、っ……！」

「痛むか？」

「痛く……は、ない、です……っん、あ、ぁ……っ」

くるりと指を回転させられ、狭い蜜壺を拡げるように動かされる。その時に楓さんの指先が一点を掠め、息が止まりそうな快感に包まれた。

「ここは、前も良かったみたいだな。覚えてるか？」

「あ……っ、あ……っん、ん……！」

「答えられないくらい、気持ちいい？」

楽しげな笑みを宿した声が耳を嬲り、指が気持ちいい場所ばかり擦る。気持ち良すぎて、何も考えられない。

「桃香。腰が揺れてる。──指がそんなに気持ちいいか？」

「あ、ん……っん、ん……っ！」

「返事は？」

するりと指を抜かれ、私は悲鳴を上げた。

「あ、イイ……気持ち、いい……っ」

だからやめないで、と口にする前に、楓さんは私の唇に口づけた。

「……ん……っ」

熱を分けるようなキスをした後、楓さんはゆっくり離れた。微かに目尻が赤く染まっている。

「たった一回しただけで、男の誘い方を覚えた挙げ句に煽る。——淫乱だな、君は」

「ちが……っあ、あ……！」

否定しかけたところで、また指が挿れられた。二本一度に差し込まれ、ぐりぐりと良い場所を弄られる。

「何が違う？」

「っあ……ん、あ、ん……っ」

「ここは俺の指を咥えて離さない。——こっちは」

呟いて、楓さんは肉の芽に唇を寄せた。薄い唇が器用に花芽を剥き出しにする。

「触ってほしくて、こんなに濡れて」

「や……」

「嫌、じゃない。自覚しろ。——君は、俺に触れられてこうなっている」

「いや……っあ、あ、あぁ——……！」

一番敏感な部分を食べられ、私は全身が震えた。今までとは比較にならない快感が疼くように体を駆け巡るのに、楓さんの舌がそこを突ついたり舐めたりするから、快楽に終わりがない。

「や、ん、っあ、ぁん……っ」

胎内からとろとろと蜜が流れていくのがわかる。花芽は楓さんの口の中で歯や舌により刺激され、蜜路は指がずぷずぷと抜き差しされている。

――なのに、体が「違う」と訴える。

挿入っているのが指なだけで、抽挿はセックスと変わらないのに。溢れるほどの快感も確かなのに、私の体はもっと強くてどうしようもない快感を欲しがっている。

「……も、やだ……っ……」

「桃香？」

私の唇から漏れたのは、泣き声だった。蕾を解すように抽挿し、花芽を嬲っていた楓さんが私の秘所から顔を上げる。

「や、もう、いや……」

「嫌？」

「こんな……いやらしいの、いや……」

「どうして」

ゆっくりと指が抜かれ、解放感と物足りなさに包まれる。楓さんが体勢を変え、私の耳元に口づけた。

「はずか、しい……」

ぐすぐすと泣きながら訴えると、楓さんはちょっと目を瞠って、それから私にキスした。

「君が感じやすいのは、俺は嬉しいから泣かなくていい」

顔中にキスされながら、私は楓さんに腰を押し当てた。

「……や、なのに……恥ずかしいのに……」

「欲しい？」

直接的に訊かれ、私は小さく頷いた。私の体中に潜む快楽の埋み火は、楓さんでないと鎮められない。

「欲しいなら、そう言いなさい」

「……っ」

太腿に、楓さんの熱が当たる。熱くて、硬くて、大きい。

これが挿入(はい)ると、痛いのに。痛くて仕方ないのに、これでないと私の体の空虚さは埋まらない。

「……痛く、しないで」

「わざとそうした覚えはないが」

意地悪。ひどい。こんな行為が二回目のほぼ初心者な私に、何てことを言わせたいのか。

なのに、逆らえない。体だけじゃなくて、気持ちがもう楓さんの支配下にある。

「……いれ、て」

「どこに？」

「……っ、ここに……挿(い)れて……！」

私は、顔を見るのも見られるのも嫌で、楓さんの首筋に縋りついた。広い背中を抱き締め、肩に顔を埋める。

吐息だけで楓さんが笑って、私の腰を抱えた。

濡れそぼつ花を無理矢理咲かせるみたいに、楓さんが挿入(はい)ってくる。私から溢れた蜜は潤滑油になったのか、初めての時ほどの痛みはないまま、私の最奥を抉(えぐ)るように穿(うが)っていく。

「あ……っん、ん……っ」

「……きついな」

二度目だからか、と呟いて楓さんは更に腰を進めた。私のナカが彼を押し返すように蠢(うごめ)き、同時にもっと奥に求めながら引き込む。硬い切っ先が私の良いところを掠め、張り出した部分が擦(こす)り上げながら奥へと侵入する。

「ん、ん……っあ、あ……！」

「……桃香。いい子だから、そう……締めないでくれないか」

「わ。わからな……っあ、ん！」

ぐいっと体を起こして、楓さんは胡座になり、繋がった部分をより深くした。私の腰を持ち上げたかと思うと、ズンと落とす。

「あ……っあ、あ——！」

「深い、な」

「あ、っん、ん……っ！」

下から突き上げられ、落とされる。その度に、繋がりが深くなるようで、私のナカが拓かれていく。

「自分で動けるか？」

「あ、むり……これ……っ、だめぇ……っ」

こんなの、気持ちよすぎておかしくなる。少しだけあった痛みも忘れるほど、ただひたすらに気持ちいい。

ぎゅうっと楓さんに縋りつくと、引き抜く寸前になるほど突き上げ、すぐに根元まで埋め尽くされる。乱暴な動きすら快楽に繋がって、私は声を抑える為、彼の肩をかぷりと噛んだ。

ぐぷぐぷといやらしい音、それから肌を打ちつける音が響く。陽の高い日中から、私たちは何をしているんだろう。

私の思考が虚ろになり、楓さんが律動(りつどう)する。私のナカの動きに逆らう抽挿(ちゅうそう)は激しくて、息をつくこともできない。

「っ、あ、あ……っん、ぁん……！」

「ナカも蕩(とろ)けてぐずぐずだ。……ほら、俺に吸いついて離れない」

「や、あ……っ」

体を乱され、言葉でも責められ、――そのすべてが快感になる。

「も、もう……っ、だめ……！」

「イキそう？」

「ん、……っ」

「イキたいなら、ちゃんと言って」

楓さんの声も掠れ始めた。快楽を覚えているのだろうか。わからない。

「言わないなら、イケないままだ」

そう言って律動を緩める。いきなり弱くなった動きに、私の胎内が戸惑い、彼に絡みつくのがわかった。

「……ぁ……っ」

微かな声を漏らし、私は楓さんの肩をもう一度噛んだ。さっきみたいに強くは噛まない。

「……そうやって煽っても駄目だ。ちゃんと言いなさい、桃香」

軽く体を持ち上げ、抜ける限界まで離れる。なのに快感を追う体は熱くて、私にはどうしようもない。

どう言えばいいのか躊躇っていたら、ズン、と腰を落とされた。一気に最奥まで抉られ、声にならない嬌声が溢れた。

「っあ、あ……っ！」

楓さんは何度かその行為を繰り返すけれど、良い場所から少しズレたところを責めるばかりで、絶頂には遠い。

「も……っ、イカせ、て……っ」

泣きながら懇願した途端、グッと体位を変えられた。いわゆる正常位に戻され、私の両脚を大きく開いて、楓さんが腰を使う。肌のぶつかる音と濡れた結合音がして、その淫猥さに耳を塞ぎたくなった。

私のナカでは、更に硬く大きくなった楓さんが激しく抽挿している。太い部分が良いところを擦る度、私の口からは甘えるような喘ぎが零れた。

「っん、ん……っあ、ん、あ……！」

「君の声は、気持ちいい」

男をその気にさせる声だと囁きながら、楓さんが私の胸に吸いついた。ずぶずぶと奥深くまで挿れられ、乳首を舌で転がされる快感に、私の体が大きく波打つ。同時に、胎内がうねるように蠢くのもわかった。

「……っ、いやらしくて、素直な体だ」

「ん、だめ、そこ……だめ、っあ、ん……っ」

くすぐるように舌で乳首を遊ばせながら囁かれると、もう何も考えられない。私は、胸元にある楓さんの髪に手を差し入れ、ぐしゃぐしゃにした。

「っあ、イク……っ、くる、あ、……ぁ、ん……！」

「イッていい、桃香」

蜂蜜みたいな声が、色と艶を含んでもっと甘くなっている。その言葉を促すように律動が速められ、私の体は素直に絶頂を迎えた。

「あ、っあ……ん、あ……あ、っぁ——！」

乱れきった声を溢れさせると同時に、電流みたいな快感が全身を走り、私の胎内も歓喜に震えて楓さんを締めつける。

「……く……っ」

息を殺すように楓さんが呻き、私のナカに熱いものが注がれる。

「あ……」

下腹部にじわりと広がる熱の感覚に、体が震えた。知らず、私の右手がそこを押さえた。

「……なか……」

「……ここに出さないと、子どもはできない」

小さく言った後、楓さんは私の耳に唇を寄せた。

「ここを、俺で一杯にしたこと――忘れるな」

「え……」

「君に挿入(はい)っていいのは、俺だけだ」

……それは、夫婦なんだから当たり前のことだと思うのだけど。

何故か切実そうな楓さんに、私は曖昧に頷いた……気がする。

そのまま、心地良い疲労感に誘われて体から力が抜ける。

ずる、と私のナカから楓さんが出ていって、圧迫感がなくなったことも関係しているかもしれない。

疲れと眠気でうとうとした私の前髪を払い、楓さんが額に口づけた。

「……楓さん……？」

「眠っていい。後始末はしておくから」

――その「後始末」に、自分の体を清めることが含まれているとは思わずに、私は眠りに落ちてしまった。

夕方に目が覚めた時、全身が綺麗に拭かれていて……恥ずかしさで、もう一度寝落ちしたくなった。

そんなことができるはずもなく、諦めて彼の寝室から出て行くと、楓さんが作った夕食に出迎えられ——私が払うはずの「契約の対価」って体だけなんだろうかと真剣に悩んでいることは、楓さんには言えない。

ただ……今日の楓さんは、優しかった……と思う。少なくとも、初めての時よりは丁寧だった気がする。

痛くて、つらかった初夜を上書きするみたいに優しかった。二回目のセックスは、体を繋げるだけの行為じゃなかった。

そう感じるのは錯覚かもしれないけれど、言葉は意地悪だったけれど——ただの義務的なセックスとは、違っていたような気がする。

たった二回しか経験のない私だから、その違いがわかる。初めての時と、二回目の時。触れ方も何もかもが全然違うと感じるくらい——溺れさせられた。

5．私にだって意思がある

十月。暑くもなく寒くもないこの季節、その過ごしやすさが私は大好きだ。春も夏も冬も、それぞれ好きだけど。

ちなみに、先日、楓さんは本当に田之倉カンパニーに宛てて抗議の連絡を入れた。迷惑条例違反だか何だかわからないけど、宮本さんの、私への行為は痴漢に該当するらしい。一ノ瀬家の顧問弁護士まで出てきたので、大事にしないでくださいと断ったものの、結果、田之倉カンパニーと宮本さんから正式な謝罪があり、宮本さんは私への接近禁止の公正証書にサインした。

私は、その後の楓さんとの行為の印象が強すぎて、宮本さんのことは香水がきつかったこととセットになり、思い出したら気持ち悪い、程度なんだけど。宮本さんは、楓さんの逆鱗に触れたらしい。その経緯を、酔い潰れた私を心配してくれていた菅沼さんや岬さんに連絡し、そこから始まった他愛ないやり取りに夢中になっていたら、何故か楓さんが不機嫌だった。ご機嫌スイッチがよくわからない人である。

翌日には普通の態度だったから、私に問題があったわけではない……と思う。そんな休日を過ごしていくうちに、九月は終わった。

そして今日は、仕事が終わったら実家に顔を出すようにと姉から連絡が入っている。残業はないけど、時間に遅れないようにしたい。楓さんには、夕食やお風呂の支度ができないと告げ、ＯＫをもらっている。

第二秘書室に入ってバッグを片づけ、パソコンとタブレットの電源を入れる。すると、月足課長からのメモがあった。すぐに来室してほしいとのことだった。

第一秘書室に行くと、月足課長がいつもどおりの穏やかな笑顔で迎えてくれる。そして、豪華な封筒を差し出した。家紋と封蠟が施された、古風で格式ある封筒だ。

「こちらは？」

「モナコのティエリさまからの招待状です。フランス語なので、一ノ瀬さんに。こちら、出席するお返事を書いてもらいたいんです。詳細はメールで届いていますから、転送しておきます」

「わかりました」

招待状を預かり、第二秘書室に戻る。パソコンには、月足課長からメールが転送されていた。内容は、モナコにいる楓さんの叔父さまのお友達、ユベール・ヴィクトル・ティエリさまからの晩餐会についての確認事項だった。

読み進めたら、年明けにティエリさまの誕生日祝いの晩餐会があり、楓さんに出席してほしいとのこと。それから、食べられないものがあれば知らせてほしいという事務的な内容だった。……ここで「キュウリは避けてください」と勝手に返信していいものだろうか。いや、よくない。

後で楓さんに訊くことにして、他の英語とフランス語のメールを訳していく。難解な言い回しになっているものは、たぶん自動翻訳の関係だろう。フランス語を英語に訳したメールや、その逆もあるように思う。綴りを少し間違ったら――例えばeが抜けただけで、別の表現になってしまっている。

月足課長もフランス語はできるそうだけど、日常会話程度だと謙遜していた。その関係で、ビジネスメールも私に転送されている。楓さん本人が読む前に、ある程度はこちらで絞り込む。それが秘書の存在意義でもある。

仕事中だけかけている眼鏡を外し、こめかみを押さえた。一ノ瀬商事に転職し、眼精疲労とお友達になって数ヶ月。私はペットボトルの水を飲み、午後の会議に向けて各種事業の進捗を確認した。

私は、主に楓さんのプライベートを担当する秘書という話だったけど、彼は公私混同を嫌う。だから私を秘書にしたのも、本当は嫌だったんじゃないかなあ……と思いつつ、進捗状況をデータに打ち込んでいく。月足課長が確認して、楓さんに渡してくれるはずだ。

そうやって日常業務をこなし、終業の十八時になる。楓さんは役員会議に出席中だ。が、私は彼のスケジュールに合わせない秘書なので、気にせず退社する。あ、退社前にこれだけはやっておかなくては。

「月足課長、今よろしいですか」

内線をコールすると、すぐに月足課長に繋がった。

『どうしました、一ノ瀬さん』

「今朝転送していただいたメールですが。モナコのティエリさまからの……」

『ああ、ありましたね。翻訳が難しいものでしたか？』

「いいえ、文章自体は問題なく訳せました。出席の返信も書いてあります。ただ、一ノ瀬専務の食べられないものを知らせてほしいとありましたが、正直にキュウリと書いていいのかわかりませんので」

今日一日、楓さんは外出と会議の打ち合わせで多忙にしていた為、訊くタイミングを逸してしまった。

『食べられないもの、はありませんね。好き嫌いはありますが』

「そうお返事するわけには」

さすがに社会人として、それはないとわかる。私が苦笑すると、月足課長の声も笑っている。

『専務は好き嫌いは特にありませんので、お気遣いだけ受け取りますとお返事をしてください』

「わかりました」

私はパソコンの前に座り直した。フランス語で、招待への感謝と出席の意思、更にお気遣いへの謝意の文面を考えながら入力し、推敲する。文章をもう一度確認してから、そのまま送信するのではなく、メールのタイトルを付け直して送信する。ティエリさまは、一ノ瀬家とはプライベートだけでなく仕事の付き合いもある超セレブだというので、失礼がないか緊張した。

月足課長に送信完了の報告をしたら、招待状の返事を投函しておいてほしいと言われた。

返事には「Je serai présent（出席します）」とだけ記したけど、楓さんからの個人的なメッセージはいらないのかな。明日までに楓さんに聞いておこう。

出席の返信を封筒に入れ、封はせずにデスクの引き出しにしまう。楓さんのメッセージを確認したら、明日中に投函しなきゃ。

それから会社を出て、最寄り駅から電車に乗り、久しぶりに実家に戻った。

――そういえば、私、一ノ瀬家のご両親とは結婚式以降お会いしてないな。会わなくていいと楓さんは言っていたけど、嫁としてそれは問題じゃないかな。今更だけど。

楓さんに相談して、お会いする機会を作ってもらった方がいいかもしれない。

そんなことを考えながら電車を降りると、既に暗くなっていたのでタクシーを使う。道はそれほど混んでおらず、池尻大橋の実家にすぐに着いた。

もう私の姓も変わったことだし、合鍵で入るのはよろしくないと思う。門扉を開けて敷地を進み、モニターフォンを押した。すぐに、姉の声がする。

『お帰りなさい、桃香ちゃん。鍵は開けたから、どうぞ』

「ありがと、お姉ちゃん」

玄関の扉を開くと、姉と母が出迎えてくれた。二人とも上機嫌らしく、にこにこしている。

「……どうしたの、すごくご機嫌に見えるけど」

「ご機嫌だもの！　桃香ちゃん、早く早く」

中に入って、と姉に促される私を、母は微笑ましそうに眺めている。姉は基本的には物静かなタイプなので、これははしゃいでいるレベルだ。

「パパ、桃香ちゃんが帰ってきたわ。祐一（ゆういち）さん、こちらが妹の桃香よ」

姉の明るい声に後押しされて入った応接間には、父と、見知らぬ男性がいた。三十歳を少し過ぎたくらいの、知的な印象の男性だ。

「は……じめ、まして」

突然のことで、私はそう挨拶するのが精一杯だった。祐一さんと呼ばれた男性は、ソファから立ち上がって、私に名乗る。

「水野（みずの）祐一です。梨香さんとお付き合いしています」

その「お付き合い」がどうやら結婚前提であることが、両親や姉の様子から窺えた。

「妹の桃香です。姉がお世話になっています」

ぺこりと頭を下げた私に、水野さんはにこやかに笑う。知的なスポーツマンといった、爽やかそうな笑顔だ。

「今日は桃香ちゃんに祐一さんと会ってもらいたくて。パパたちとはもう何度も会ってるの」

「先に言ってくれたら、ちゃんとご挨拶の品も持ってきたのに」

私の軽い抗議に、姉はごめんごめんと明るく笑う。お付き合いしている男性の存在には驚いたけれど、姉ももう二十六歳、そんな話が出てもおかしくないのだ。

結局、その後は水野さんも一緒に夕食を摂った。水野さんは話上手で、フランスにも何度か行ったことがあると言って、私の話にもタイミングよく相槌を打ってくれる。おっとりした姉とは、いい夫婦になるかもしれない。

そうして、私がマンションに帰ったのは日付が変わる寸前だった。

分厚い玄関扉を開けて中に入ると、バスルームから出てきた楓さんと鉢合わせた。

「お帰り」

「ただいま戻りました。すみません、遅くなって」

「気にしなくていい。――風呂に入るなら、湯を入れるが」

「あ、お願いします」

楓さんの厚意に甘えることにして、私は自分の部屋に向かった。オフィス用スーツのジャケットを脱ぎ、コットン製のルームウェアと下着を抱えてバスルームに移動する。たった五分でお湯が溜まる仕様のバスタブからは、温かな湯気が立ちこめていた。

パウダールームに着替えを置いて、全裸になってバスルームに入る。お気に入りのアメニティの香りを堪能しながら体を洗い、ゆっくりとお湯に浸かった。

髪も洗って入浴を済ませた後は、ルームウェアを羽織る。濡れた髪をドライヤーで乾かしてから、キッチンで何か飲もうとダイニングルームに入った。

その先のリビングルームで、楓さんが寛いでいる。さっきは濡れていた髪は、もう乾いてさらさらとエアコンの風に揺れていた。

「お風呂、ありがとうございました」

「出たのか」

「はい。私、お茶を飲みますけど……楓さんも何か飲みますか？」

「いや、今はいい」

そう言って、手元のグラスを持ち上げた。彼の前のテーブルには、アイスペールとヘネシーのパラディのボトルが置かれている。晩酌タイムだったらしい。

「契約結婚だってこと、ご家族にはバレなかったか？」

「何故ですか」

「俺も一緒に行けばよかったかと、少し考えた。結婚式以来、一度も挨拶してないからな」

「そこは特に。……私も、楓さんのご両親にご挨拶しなくて大丈夫ですか？」

「問題ない。結婚一年にもならないのに、孫を催促するほど馬鹿でもないと思いたい」

何気に毒づいて、楓さんは私に「隣に座れ」と無言でアピールしてきた。確かにそのソファは二人掛けですけれど。

……先日のことがあるから、迂闊に距離を詰めたくない。同時に、その行為も契約の一環なのだから仕方ないという諦めもある。

どちらも私の本音なので、微妙に悩みながら、私は楓さんの向かいに座ってお茶を飲んだ。お茶の湯飲みが温かい。

「君が、両親に会いたいなら時間を作らせるが」

「特にお会いしたいというんじゃなくて……不自然かなあと思っただけです」

「確かに。熱愛スピード婚なのに、浮かれた様子がなくて不審がられている可能性はある」

パラディを飲み、楓さんは少しも酔っていない顔で私を見つめた。その視線がひどく甘く感じられ、私は思わず視線を外す。漂う甘さがくすぐったくて、空気を変えたくなる。私は、今日聞いたばかりの話を口にした。

「……スピード婚といえば。姉も、そうなるかもしれません」

「君の姉？　眞宮不動産の跡取りだったか」

「はい」

答えながら、私はふと浮かんだ疑問を口にした。

「どうして、姉ではなくて私だったんですか？」

「何が？」

「この結婚の相手です。お金で動く……かはわかりませんが、お金が必要だったのは姉も同じですし。年齢も楓さんに近いし、性格も私よりおっとりして穏やかですし」

「——まあ、候補ではあった」

素直に認められ、私の胸のどこかが微かに軋んだ。……どうして、痛みにも似たものが流れるんだろう。姉が、楓さんと結婚していたかもしれない。その可能性を提示されただけで、上手く息ができなくなる。

「だけど、君の姉は長女だしな。それに特技が茶道と華道だけだと、俺のパートナーとしては少し弱い」

「日舞は名取ですよ」

箱入りの社長令嬢だけあって、姉はお嬢さま教育は一通り習得している。フランス語は堪能ではないものの、英語ならビジネス会話も問題ない。

「あとは、何となく。男の勘」

「勘……」

あまりにも形のない答えに私が戸惑うのを見て、楓さんはパラディのグラスを空にした。

「それで切り抜けたことも多いからな。俺は自分の直感は大事にしてる」

「……そう、ですね。私も、直感で決めましたし。姉はお付き合いしてる人がいたようなので、結果的に私で良かったんだと思いますし」

自分に言い聞かせる。楓さんが姉を選ばなかったのは、ただの勘。私への好意とかじゃなく、必要なスキルを持っていたのが私だった、ただそれだけのこと。

だから、勘違いしちゃいけない。この人は、私を好きなわけじゃない——自分にそう言い聞かせるのが切ない理由からは、目を逸らす。

私の内心なんて知らない楓さんは、少し怪訝な顔で問いかけてきた。

「君の姉さんは、結婚しそうなのか？」

「それっぽい雰囲気でした」

「俺と君の結婚前からの関係か？」

「そこまで聞いてはいませんが」

「確認しておいてくれ。一ノ瀬の名前に寄ってくる連中はそれなりにいる。君の姉さんがハニー・トラップにかけられたとは思いたくないが」

楓さんの懸念はもっともではある。一ノ瀬グループの一員なら、その危惧は当たり前のことだとも思う。だけど、姉の恋を非難されるのも気に入らない。

「水野さんは、そんな雰囲気はなかったんですけど」

「水野？」

「お相手です。水野祐一さん。双葉グループの関連会社勤務だって言ってました」

私が答えたら、楓さんは深々と溜息をついた。これ見よがしに。

「……双葉グループの水野といったら、筆頭株主だ」

「同姓の一社員かもしれません」

「そこは俺が調べておく。君は、俺たちの結婚前からの付き合いかどうか確認してくれ」

「いくら姉妹でも、そういうことは聞きづらいんですが」

私の抵抗に、楓さんはもう一度息をついた。そして、黒い瞳が私を射すくめる。

「桃香」

「はい」

「君の姉――梨香さんを疑っているわけじゃない。それは理解してくれ」

「……」

「ただ俺が知る限り、君は素直で人を疑わない。その君が『おっとりしている』と評した梨香さんは、かなり心配な人なんだ」

君に輪をかけて人を疑わない、素直な性格なんだろうと言われた。私の性格はともかく、姉については正解だ。

「……はい」

結局、私は不承不承頷くしかできなかった。気まずい空気が流れ、私はまた話題を変えたくて思考を巡らせた。

「……あ」

不意に仕事を思い出した私の素っ頓狂な声に、楓さんが軽く首を傾げる。

「どうした？」

「ティエリさまから、晩餐会の招待が。それは出席の返事をと聞いているんですが、出席します、だけでいいのかと思って……楓さんからのメッセージとか添えなくて大丈夫ですか？」

「ユベールからの招待なら、そんなに畏まらなくていい。仕事の付き合いもあるが、誕生祝いはほぼプライベートだ」

やっぱり、モナコの超セレブとプライベートなお付き合いがあるんだ……一ノ瀬家は由緒正しいお家柄だから、欧米の貴族階級との交流は当たり前らしい。

思わずたじろいだ私に、楓さんはちょっと意地悪く笑った。

「もちろん、君も出席だ。晩餐会に妻同伴でなくてどうする」

「……はい」

私は今夜二度目の、不本意な同意を余儀なくされたのだった。

＊＊＊

——昨夜は言いすぎた、とは思う。少なくとも、言葉か口調、どちらかを間違った。桃香は明らかに不愉快そうだった。それでも律儀に俺の朝食を作っていった辺り、真面目だ。

海老とアボカドのサンドイッチを食べながら、俺は昨日の失態を反省し——その遠因になっている名前を思い浮かべた。

鏑木隆彦。奥寺グループ会長の外孫で、現代表取締役の甥。そしてグループ会社の役員を務めている男だ。立場としては俺と似ている。

その男が、桃香に興味を持っていることは、月足経由の情報だった。先日のパーティーで見初めたのか、桃香を名指しで一ノ瀬商事の秘書課に花束を送ってきた。

月足の報告を受けた俺の指示で破棄し、丁重に断りの連絡も入れたのだが、未だに個人的な連絡先を調べているらしい。樫原コーポレーションのレセプションで会った時も桃香に近づこうとしていたから、俺は彼女に付きっきりだった。まあ、桃香に、手首を怪我した妻を放置するような男だと思われたくはないから、俺の意思ではあるのだが。

俺と桃香の関係は契約結婚だ。が、俺は彼女に惹かれている。恋というものをよく知らないが、桃香には隣にいてほしいし、笑ってほしい。それは好意だけではなくて恋だと思う。

ただし、桃香の気持ちはわからない。契約だから側にいてくれる。契約だから、子どもを授かる為のセックスは受け入れる。契約だから、俺の妻として振る舞っている。

——契約がなければ、桃香はもっと自由だ。好きな男と付き合って、結婚する。そんな当たり前の自由を捨てて、彼女は俺との契約を受け入れた。

そこまでさせたのは、彼女の実家の負債だが……鏑木なら、それを肩代わりするくらい何でもない。先日の宮本には、荷が重いかもしれないが。

俺と鏑木が同じ条件を提示したら、桃香はどちらを選ぶのか。——俺を選んでくれるという自信がないから、俺は必要以上に、梨香さんの結婚を警戒してしまう。水野祐一も、眞宮家の負債を肩代わりできる人間だ。今は眞宮家の負債は俺が肩代わりしたが、返済するから離婚しろと言われたら……桃香がどう対応するか、それもわからない。

ふっと息を吐いて、俺は座っていた椅子を半回転させる。目に映るのは殺風景なオフィスではなく、高層ビルが立ち並ぶ東京の絶景だった。

建物の一つひとつに多数の人が働き、ひしめいている。人口密度の高さで言ったら、日中の東京は世界でも指折りだろう。その中で働く人間の悩みも、その数だけある。

東京は悩み多き街かもしれない。そんなことを思っていると、月足から内線が鳴った。

「——どうした？」

『ご報告に』

「水野祐一？　今朝言ったばかりだぞ」

『そちらではなく。鏑木隆彦氏の方です』

……どちらにせよ、桃香絡みであることは変わりない。俺は溜息を堪えながら、報告を聞く旨を告げてスピーカーを切った。

すぐにモニターフォンが鳴り、月足が入ってくる。落ち着いた容貌の中、目が楽しそうに笑っている。プライベートを多分に含んだ指示をしているから、その態度を咎めることもできない。

「こちらを、一ノ瀬桃香さま宛にと置いていったそうです」

「……ここまで通したのか」

「奥寺会長の御令孫として来られたら、断れませんね」

素知らぬ顔で言った月足は、薔薇の花束を抱えている。白い薔薇だった。

「数えました。三十本です。白い薔薇の意味は『ご縁を信じています』――まあ、一ノ瀬さんは鏑木氏を認識もしていないんですが」

「……待て。桃香は、今日は」

月足の軽口に同調する気になれず、問いかける。月足が少し思案する顔になった。

「ティエリさまに、招待状の返事を出しに……郵便局に」

答えを待たず、思わず立ち上がった俺に、月足は目を瞠った。

「もしや、とは思っていましたが」

唖然とした表情で、月足が問いかけてくる。

「まさか奥さまを、お好きなんですか」

契約だったはずではと呟く月足に、俺は苛立ちながら宣告した。

「契約だった。ただ、好きになった。それだけだ。……どうして桃香より先に、おまえに告白しなきゃならないんだ」

そうなると色々変わってくるんですが……と困惑している月足の隣をすり抜ける。

「鏑木――いや、俺が好みそうなカフェは近くにあるか」

あの男は、たぶん俺と好みが近い。直感的なものだったが、俺は自分の勘には逆らわない。

「二つ隣のル・ブランですね」

即答した月足の腕から、薔薇の花束を奪い取る。

「桃香にこんなものは見せたくないが、突き返さないといつまでも繰り返される」

結婚しているとわかっていて尚、桃香に色目を使いたがる男だ。鏑木にとっては、不貞も浮気も遊びの一つでしかないのだろう。

俺が大股で部屋を出て——薔薇の花束を抱えた上司に秘書課は唖然としていたが——エントランスに着いた時、スマホが震えた。

『ご明察です、奥さまはル・ブランで鏑木に捕まっているようです』

一ノ瀬さん、ではなく「奥さま」と評したのは——ここからはプライベートでやってくれという意味だ。それに既読だけ付けて、俺はル・ブランに乗り込んだ。

＊＊＊

……誰だろう、この人。

四六時中、よそいきの笑顔を貼りつけたまま、というのは結構疲れる。私は、一ノ瀬商事の二つ隣の商業ビル一階にあるカフェのボックス席に座っていた。目の前には、からし色のスーツに焦げ茶のネクタイを締めた男の人。知らない人だ。

けれど相手は私を知っていた。

国際郵便を出す為に郵便局に向かい、無事投函を終えて帰社しようとしていた私の前に立ち、突然「一ノ瀬専務の奥さまですよね?」と笑顔を向けられ、カフェに誘われた。楓さんとの結婚を知っているなら、経済界の人だろうと思って無碍(むげ)にもできない。でも、困る。

店内は半分くらいの席が埋まっていて、私たちの前には香り高いコーヒーが置かれている。私の意見も聞かずにオーダーされたので、この人は俺様系なんだろうなと思った。雰囲気がそうだもの。容姿も整っているけど、楓さんという規格外の美形を見慣れた私には特に感慨はない。

「一ノ瀬さん」

「はい」

「そう緊張しないでほしいな。僕のこと覚えてないかな」

「申し訳ありません、あまり記憶力がよくないもので」

「奥寺グループのパーティーと、樫原コーポレーションのレセプションで会ったんだけどな」

そこまで言われて、やっと思い出した。初対面なのに私の連絡先を聞いてきて、その次に会った時は個人的な連絡先を知りたいと、楓さんの前で言い放った人だ。楓さんが不愉快そうな顔を隠さなかったので覚えている。

「鏑木……さま？」

「さま、はいらないな。できれば下の名前で呼んでほしい。隆彦っていうんだけど。――ああ、それと、僕の祖父は奥寺グループの会長だ」

僕も名前で呼んでいいかな。

明らかな圧力をかけながらそう問われ、対応に困る。

個人的には、この人はナシだ。私への態度は、ほぼ初対面の相手への距離感じゃない。何より、私が結婚していると知っていながら「名前で呼んでくれ」は、アウトである。私と楓さんは契約結婚だけど、だからこそお互いの不貞は絶対に許されない。契約書に記載はなくても、それは私たちの共通の価値観だった。

でも、ビジネスとして見るなら、話は違ってくる。

奥寺グループとは共同事業があるから、悪印象は持たれたくないと楓さんは言っていた。そしてこの人は、奥寺グループ会長の孫だという。それなら、私は割り切った笑顔で対応すべきなんだろうか。

「……」

「君、美人だよね。無表情でそれだけ綺麗なんだから、笑えば可愛いと思うよ」

どうしよう。こんな時の正しい対処法、知らない。楓さんに聞くこともできない。

「桃香さん」

馴れ馴れしい呼び方に拒否反応を覚えた私が、意を決して顔を上げた時、鏑木さんはとんでもない暴挙に出た。

コーヒーカップの中身を、私のバッグに向けてぶちまけたのだ。周囲から小さな声が上がる。

「な……！」

「ごめんね。中身ごと弁償するよ。ああ、服にも散っちゃったかな。合わせて買いに行こう」

これは、私の就職祝いにお姉ちゃんが買ってくれた物なのに！

絶句した私に、鏑木さんは悪びれない笑みを向けた。

「銀座に行けば大抵のブランドが揃う。君なら、特注でもいいよ」

私はあまりのことに、声も出ない。ふつふつと、腸が煮えくり返るような怒りがある。でもそれをぶつけていいのか、表に出していいのか――「私」としてでなく、「一ノ瀬桃香」は、どうするべきなのか。

「いりません」

「怒ったの？」

「弁償は不要です。――失礼します」

シミ抜きのクリーニングに出せば、何とかなるだろうか。ぐっしょりと濡れたバッグに泣きそうになりながら席を立つと、入り口の方で軽いざわめきが起こった。

「――桃香」

やわらかなテノールの声に名前を呼ばれ、振り返ったら、楓さんが白い薔薇の花束を抱えて立っている。真っ直ぐな脚だから、立ち姿も綺麗だ。

「それは」

私の手元を見て、楓さんが眉を顰めた。姉が私の為に選んでくれたアイボリーホワイトのバッグには、茶色いシミが付いてしまっている。服にも、少しだけど飛沫が飛んでいた。

「……クリーニングに出してきます」

「一ノ瀬くんか。奥方の服とバッグ、僕が汚したから弁償させてほしいんだ」

半ばまで腰を上げ、まったく悪びれずに笑っている鏑木さんに、私の肩が震える。楓さんは事情を察したらしく、深々と溜息をついた。その響きに責められているような気がして、目の奥が熱くなる。

――奥寺グループは、大事な取引先だもの。機嫌を悪くしちゃ駄目。

自分にそう言い聞かせる。ただでさえ、私が半ば無視した形になっているんだから、これ以上の悪印象は持たれないように。

悔しくて泣きそうになるのを堪えた。こんなところで、こんなことで泣きたくない。唇を噛み締めた時、楓さんの手が私の頭を撫でた。宥めるように、――守るように。

「お返しする」

そう言うと、楓さんは持っていた薔薇の花束を鏑木さんの顔に投げつけた。

「棘はないから痛くもないだろうが――妻への損害は、これで清算にしてやる」

「何を……」

「このまま、このコーヒーをあなたに掛けてもいいが」

楓さんは、ポケットから出したハンカチで私のバッグのシミを拭きながら、口をつけていない私の分のコーヒーカップを見た。

「……あなたと同じレベルに堕ちたくはないな。妻への接触はこれきりにしてもらいたい。次に妻に接触したら、ご家族に報告する」

悔しげに顔を歪め、鏑木さんは、掃除しようと駆け寄ってきた店員さんにぶつかりながら店を出て行った。結果、修羅場を演じた私たちは店内の視線を独占中だ。

「お騒がせしました。店内を汚して申し訳ない。清掃費用はこちらに請求してください」

楓さんは、店員さんに自分の名刺を渡した。その間に、私はレシートを取って飲んでいないコーヒー代を支払った。……店の内装を汚したのは鏑木さんなのに、どうして楓さんが弁償するのかしら。納得いかない。

不満に思いながら外に出ると、楓さんが私の腕を掴んだ。

「楓さん？」

「俺の実家なら、そういう物のクリーニングに詳しいから訊いてみる。……大事な物なんだろう？」

どうしてわかるの。私、このバッグのことは何も言ってないのに。

そんな疑問が顔に出たらしく、楓さんは小さく笑った。

「君が泣きそうだからわかる。車を取ってくるから、ここで待っていてくれ」

優しく頭を撫でられ、私は――込み上げる涙を堪えながら、何度も頷いた。密やかに心に息づいていた想いに気づかないふりをすることは、もう苦しくなっている。

私は――この人が、好き。

結婚してから夫に恋するなんて、信じられないけれど。

どうしても、嫌いになれなかった人。あり得ない提案の初対面の時も、痛くて厭わしかった初夜の後も。ただ笑っているお人形の妻でいいと言われた時すら、怒りはあっても、嫌いにはなれなかった。

それは――私が、彼に恋していたからなのかもしれない。

感情に疎いにも程がある。自分の恋にすら、気づけないなんて。

好きだと自覚したら、その想いを抑えることがとても難しく感じられた。楓さんは、私の気持ちを汲み取ることができてしまう。知られないように、……私が彼を好きだなんて気づかれて、困らせないようにしなきゃ。

私は楓さんを待ちながら、自分に言い聞かせた。この恋は不毛だ。初恋は、実らない。

楓さんの運転する車に乗って一ノ瀬家の執事さんに紹介されたクリーニング店に行き、バッグを預ける。シミ抜きできますよと言われた時は、心底安心した。

「今日はもう帰っていい。」

――服もクリーニングに出したかったが

「いえ。帰らせてもらえるなら、その方がいいです。新しいバッグも用意したいですし」

そんな私に、楓さんは運転しながら提案してきた。

「クリーニングから戻るまでのバッグが必要なら、買いに行くか？」

「家にある物で間に合わせます」

「……母は何かある度にバッグやら何やら買い換えるんだが、君は大切に使うんだな」

「大切にする、の方法が違うだけだと思います。私は気に入った物をずっと使いますけど、お義母さまみたいにバッグが好きで気分を上げる為に買う人もいますし」

それぞれですよと言った私に、楓さんは小さく首を傾げた。

「なら、君は何で気分を上げる？」

「え？」

「正確には、何で喜ぶ？　俺が見る限り物欲はないし、好きな食べ物もない。デート……は結婚してから行けていないが、どちらかといえばインドアなのはわかってきた」

「フランス古典を読んでいる時ですね。原語でも訳語でも。どちらでも楽しいです」

真面目に訊かれているらしいと理解し、私は即答した。運転中だから、楓さんに直視されなくてよかった。恋を自覚した今、正面から顔を合わせたら心臓が破裂しかねないくらい鼓動が速い。

「つまり、読書？」

「そうです。読みながら、ここに行ったことがあるとか、ここはどんなところだろうとか……そういうのを考えるのがとても好きです」

私の答えに、楓さんは深く考え込んでいるようだった。それを邪魔するつもりはないので黙っていると、信号に引っかかった時に問いかけられた。

「なら、新婚旅行はフランスにしようか。一ヶ月くらいかけて、ゆっくり」

「……それは、嬉しいです。いいんですか？」

結婚した時は、新婚旅行なんて意味がないからあり得ないと思っていた。彼の多忙さを知った今は、もっとあり得ないとわかっている。そんな彼の提案が嬉しくて仕方ないくせに、それが気遣いだとわかるから切ない。

「ただ、俺の休みがいつになるかわからない。君の行きたい場所を、いくつかリストアップしておいてくれ」

「はい」

素直に頷いた私に、楓さんは満足そうに微笑んで、信号が切り替わったタイミングで車を発進させた。

私はマンションのエントランスで楓さんと別れ、部屋に戻ってすぐに、コーヒーの飛沫が散ったスーツからブラウスとフレアスカートに着替え、コンシェルジュにクリーニングを依頼した。

ほんと、鏑木さんって迷惑な人だ。楓さんは、コーヒーを掛け返さなかったのは同じレベルになりたくないからと言ってたけど、あちらの社会的立場その他を考えたら、私が一方的な被害者になっておく方がよさそうだ。

楓さん曰く、彼は会社に連絡してまで、私の個人的連絡先を知りたがっていたそうで……一歩間違えればストーカーだ。怖い。ぞっとした私に気づいたらしく、楓さんが「対処しておく」と言ったので、お任せすることにした。

部屋に戻り、掃除する。週に三回ハウスキーパーさんが入っているからいつも綺麗だけど、今日は来ない日だ。たまには私も家事をしておきたい。

掃除と洗濯を済ませると、もう夕方だった。夕食の支度は……買い置きの食材があるし、それを使うとして、何を作ろうか。

一人悩んでいると、スマホが鳴った。表示は姉だ。

「はい」

『桃香ちゃん！　あのね、私、結婚が決まったの！』

完全に浮かれている。ハイテンションな姉に、結婚が決まった女性ってこういう反応をすべきだったんだな、と今更思う。

「おめでとう、お姉ちゃん」

『ありがとう。それでね、桃香ちゃん』

「何？」

『桃香ちゃん、離婚していいから。無理に結婚したことくらい、私もパパもママもわかってるから……もう、つらい思いはしなくていいの。祐一さんが保証人になってくれるの。それで銀行から融資してもらえそうだから……だから』

私は姉の言葉を最後まで聞かず、黙って電話を切った。その後、姉や両親からの着信がうるさくて、スマホの電源を落とした。

——離婚していいからって、何。私は、無理に結婚したわけじゃない。

確かに家の為ではあったけど……簡単に離婚すればいいなんて気持ちで結婚したわけじゃない。

それに、楓さんにも失礼だ。契約結婚の対価とはいえ、無償で負債の肩代わりをしてくれて、事業資金も支援してくれたのに。他に当てができたからもういいですなんて、失礼すぎる。

私は夕食の支度を放棄して自分の部屋に入り、ベッドで布団にくるまった。

どうしてこんなに腹立たしいのか。それは、失礼だからとか、そういったことだけじゃない。私が、楓さんと離れたくない。

さっき自覚したばかりの恋は、短時間で容易く私の中に根を張り巡らせていた。

だって、気づけばいつも助けてもらった。宮本さんの時も、鏑木さんの時も。夫として、妻である私をちゃんと守ってくれる。パーティーやレセプションだって、最初は「自分でやれ」的に言っていたけれど、結局は私に付いてくれていた。

彼の一見わかりづらい優しさに、私は惹かれている。

だから、好きだと自覚する前から、離婚なんて考えたこともなかった。契約期間には終わりはあるだろうけど、私から離婚を申し出ることはないとも思っていた。

楓さんと一緒にいたい。楓さんの子どもなら産みたい。最初は義務だと割り切っていたことは、今は心からの願いになり、そう思っているのに。

姉からの「離婚していい」という言葉は、私を思いやりつつも、私の気持ちを無視している。そのことが悲しくて、私はベッドに突っ伏したまま泣いた。

好きですと、たった一言が言えなかった。自分の気持ちを見ないふりをしてきたから、周りだって私が楓さんを好きなことを知らない。――周りどころか、楓さん本人すら知らない。

初めて恋した人は、もう夫になっているのに。

家族にも「離婚していい」「つらい思いをしている」と言われるほど、私たちはそぐわない夫婦なんだろう。

それでも、私は――あの人しか、好きじゃない。

＊＊＊

帰社した俺を出迎えたのは、いつものように月足だった。常と違って、面白がる表情を浮かべているが。

「お帰りなさいませ」

「桃香は帰らせた。服とバッグを汚されたからな」

「どんな修羅場を演じたんですか」

呆れたように言う月足に、鏑木の所業を告げたら眉を顰めた。俺がやり返さなかったことは褒められた。何歳だと思ってるんだ。

「今回の件は、奥寺家に貸し一つだと思ってもいいが」

「納得していない顔で言われましても」

やはりわかるのか。俺はまったく納得していないので、奥寺会長宛に苦情を入れるつもりだ。共同事業の予定がある為、父がどう言うかはわからないが、桃香の気持ちを考えたら鏑木を放置する気にはなれない。

俺の指示を受けて月足が戻った直後、秘書課から内線が入る。応答ボタンを押すと、スピーカーから落ち着いた声——菅沼の声がした。

『専務に、外線が入っております』

「誰から？」

『眞宮梨香さまからです』

桃香の家族からの連絡なら、受付がアポなしを理由に断るわけにはいかない。判断を委ねる為に秘書課まで繋いだのだろう。

「何番だ？」

『二番です』

「わかった」

菅沼との内線を切り、外線に出る。

「――一ノ瀬です」

『突然ご連絡して申し訳ありません。桃香の姉、眞宮梨香です』

そう名乗られたが、正直、俺は桃香の姉の声など聞き分けられない。表示された携帯番号をメモして、後で桃香に確認してもらうしかない。

「会社に電話とは、どうされました？」

俺個人の連絡先は――桃香が教えていないのだろうか。俺から積極的に教えた記憶はないし、そもそも接点がなかった。

『単刀直入に言います。妹を解放してください』

「かいほう？」

ああ、解放か――咄嗟に意味を取りあぐねた俺に、眞宮梨香は言葉を続ける。

『うちへの支援をいただく為に、妹があなたと結婚したことはわかっています』

「……桃香さんが、そう言いましたか？」

契約結婚であることは、月足と弁護士以外には知らせない。そういう契約書だった。桃香がそれを破ったとは思えない。けれど、彼女は確信している。桃香たち姉妹の結びつきが強いからか、家族とはそういうものなのか、俺にはわからない。

『姉妹ですから、わかります。妹は、あなたのような方とは距離を置きたがる子ですから』

「……そうですか」

俺のような人というのがどういった人物像かはわからないが。少なくとも、眞宮梨香は俺に好印象はないらしい。

『銀行から融資が決まりました。肩代わりしていただいたお金は返済できます。今後の支援も、私の夫になる人が代わってくれますから。妹に、不本意な結婚を続けさせたくありません』

「それは桃香さんに言ってください。俺たちは恋愛結婚なので『不本意な』離婚はしたくない」

俺がそう答えると、眞宮梨香は電話の向こうで怒りを堪えた声を出した。

『とにかく、今後の支援は必要ありません！　ですから、妹を自由にしてください！』

失礼しますと言い捨てて通話が切られた。

無機質な電子音を聞きながら、俺は言われたことについて考える。

真面目で、素直。桃香が感情表現が下手だといっても、家族にはそうはいかないだろう。俺たちの結婚が契約であることを悟られない演技は、家族相手には通用しなかったのかもしれない。

それでも、桃香が離婚したいと言わない限り——いや、言ったとしても、俺はもう彼女を手離したくない。

「——月足」

思案する間も惜しい俺は、第一秘書室にコールして早めの退社を一方的に通告した。

秋の夕暮れは早い。スーツだけでは防ぎきれない寒気の中、俺はマンションに帰宅した。センサーライトが点灯した玄関に、桃香のパンプスがきちんと揃えられている。

「桃香？」

先に帰っている場合、桃香は大抵俺を出迎える。世間一般の新婚夫婦を真似ていると言っていたのに、今日は出迎えがないだけでなく、薄暗い室内には人気が感じられない。

廊下は人感センサーで自動的に明るく灯っていくが、ダイニングにもリビングにも桃香の姿はない。夕食の支度もされていないし、もちろん風呂もシンとしている。

俺はパウダールームで手洗いした後、まず自分の部屋に入った。ビジネスバッグをデスクに置いて、桃香の部屋に向かう。

ドアを叩いたが、反応はない。ドアノブは抵抗なく回り、鍵はかけられていなかった。

女性らしい内装の部屋は、桃香の私室ではあるが寝室ではない。ここにいないなら、寝室だろうか。……さすがに、同意なく入るのは気が引ける。

そんな躊躇(ためら)いはあるが、他に彼女がいる部屋はない。俺は桃香の寝室のドアをノックした。

「桃香。いるなら、話がある」

中にいるのか、いないのか。着替えて外出した可能性もある。その場合、早めに探したい。

そう思い、ドアをもう一度叩く。

「——君と離婚して解放してくれと言われたんだが」

俺の言葉に、ドアが突然開いた。怒りと悔しさがないまぜになった顔で、桃香が立っている。

「……姉ですか」

「ああ。……そのことで、話したい」

俺の言葉に、桃香は「どうぞ」と身を引いた。寝室に入れるくらいには、気を許してくれているのだろうか。

「よく、梨香さんからだとわかったな」

ベッドから少し離れたスペースにある一人掛けの椅子に俺が座り、桃香は自分のベッドに腰を下ろす。微妙な距離感だ。

「私にも……離婚していいって連絡が来ましたから」

「そうか」

そこで沈黙が訪れる。俺も桃香も、何から切り出せばいいのか当惑している。

「……そんな不義理、あり得ないでしょう」

重い空気に耐えかねたように、桃香が苛立った声で呟いた。

「苦しい時に無条件で助けてもらって。次に助けてくれる人が見つかったから乗り換えます、さようならって……そんなの、楓さんに失礼です」

「俺はそこは気にしていないが」

「私は気にします」

体の両脇に手をついて零す桃香は、いつもより幼く見える。庇護欲をそそる姿に、俺は苦笑を禁じ得ない。

「俺が気になるのは、君が離婚したいと思っているかどうかだけだ」

「そんなの、考えたこともありません」

即答だった。俺は自分の心が落ち着くのを感じながら、桃香を宥めた。

「結婚を急に決めたし、俺からの援助も突然だったから、ご家族が不審に思っても仕方ない。君が言ったとおり、もう少し時間をかけるべきだった」

「いいえ。あの時すぐに支援してもらわないと、父の会社は不渡り寸前でした」

首を横に振り、桃香は腹部の辺りで両手の指を組んだ。

「私は、恋愛の勢いで即結婚するタイプではないんです。そもそも、恋愛自体経験がなくて」

「付き合った経験がなくはない、と言ってなかったか？」

「グループデートを一回だけ、です。好きな人なんていなかったし。……でも、両親や姉が私の恋愛事情や、私の気持ちを全部知っているわけでもないんです」

「契約結婚するくらい、家族への情が深いこととか？」

「……もっと自然に見えるよう、演技した方がよかったとは思います。楓さんなしでは生きていけないって思われるくらい、のめり込んでる演技」

そういう桃香を見てみたいが、演技ではなく本気の姿がいい。同時に、桃香を本気で恋に堕とすのは至難の業だとも思う。

「私、後先を考えるのが下手なんです。この契約も、即OKしましたし。楓さんも呆れたんじゃないですか？」

「あの時の眞宮不動産の経営状況からして、返答を悩む暇がなかったのは知ってる。俺がもう少し早く申し込んでいればよかったな」

「……そこは、楓さんには責任のないことですよ」

自嘲するように笑って、桃香は俺を見た。

「私はこの契約を受け入れたし、楓さんに感謝してます。……だから、他に当てができたから離婚しろなんて言う家族に呆れてるんです」

「梨香さんは、君を解放してほしいと言っていた。俺は、君を束縛しているのか？」

束縛の自覚はないが、桃香への独占欲はある。宮本の件も鏑木の件も、俺の独占欲を刺激している。

「そこからして、姉は間違ってます。私が束縛されてるって言うなら、楓さんだって私に束縛されてるじゃないですか」

「……それは、俺は問題じゃないんだが」

「え」

きょとんとした顔で俺を見つめ——桃香は、困ったように言葉を継いだ。

「そういう、誤解されそうなこと、言っちゃ駄目ですよ？　私に束縛されたいって言ってるように聞こえます。私は楓さんの妻だからいいですけど、他の女性に言うのは」

「君にしか言わない」

俺の答えに、桃香は大きな目を瞠った。黒い瞳が零れ落ちそうなほど見開かれている。

「君に束縛されるのは嫌じゃない。むしろ、そう思ってほしい」

「……あの……それって」

「はっきりした言葉で言わないとわからないか？」

俺が問いかけると、桃香は視線を外した。背けた横顔と、耳が赤くなっている。俺の意図は察することができても、言葉にしないと理解してくれないらしい。

「君が好きだ」

「……」

「正直に言う。最初から好きだったわけじゃない。——そうなら、あんな抱き方はしない」

あんな、彼女をまったく労らないセックスが最初の夜だったことは、俺としては土下座して謝りたい所業だ。

「……」

「君が、近藤に怪我させられた時。俺に迷惑をかけたくないと泣いた時。……俺は、頼ってほしいと思った」

あの時、恋を自覚した。女性の泣く姿から目が離せなかったのは、あの時だけだ。その後、少しずつ桃香への執着と独占欲が深くなっていったように思う。ただ、それより前から惹かれ始めていた。笑ってくれたら嬉しいと思った時から、ずっと。

「俺は、他人には無関心な方だと思う。——なのに、迷惑をかけてほしいと屈折したことを思う程度には、君に惹かれている」

「……天邪鬼？」

整った横顔が、小さく抵抗するように呟く。その様子が可愛くて、俺は思わず笑った。

「俺をちっとも好きじゃない君を好きだと思うのは、天邪鬼だからじゃなくて」

俺は、桃香の隣に座り——その顔を両手で包んで俺に向けさせた。

「ただ、君が欲しいからだ」

「……私、楓さんの妻です」

「ああ」

「契約で結婚した……けど。それだけじゃ、ないです」

俺の手の中で、桃香が不満そうに言う。何が不満なのかわからないから、全部言ってくれるのを待つことにした。

「……でなきゃ、離婚しろって言われて怒ったりしません」

天邪鬼なのは桃香だと思う。素直に言うことができないらしい。性格は素直なのに、こういうことからはすぐ逃げようとする。

「それは、俺を嫌ってないと思っていいか？」

「はい。あと、ちっとも好きじゃないわけでもありません。……というか、すごく、好きです」

「そうか」

俺が頷くと、桃香は茫然としている。不思議に思って顔を覗き込んだら、真っ赤になる。

「……ずるいです」

「桃香？」

「誘導尋問です、私は楓さんに感謝していて、それで……嫌ってないかとか訊かれたら、はいって言うしかないじゃないですか!!」

小さな顔は俺の手の中で更に赤くなり、細い腕があたふたと狼狽え、俺から逃げようとする。

「俺は誘導尋問をした覚えはない」

「……」

「俺は君が好きだと言って、君も俺を好きだと言った。それだけだ」

「い、言いました、けど」

「俺が好き？」

「……っ」

問いかけると、桃香は頬を赤くする。耳や首筋まで真っ赤で——可愛くて仕方ない。

「俺は、君しか好きじゃない」

「……私なんか、楓さんが初恋ですからね！」

開き直ったように言った桃香の耳元に、囁きを落とす。

「俺も、君が初恋だと言ったらどうする？」

「……嘘でも、嬉しい」

——こうやって急に素直になるから、俺は桃香から目が離せない。

「桃香」

名前を呼んで、体をすり寄せてきた桃香にキスをして。

華奢な体を抱き込んで、もう一度キスしながら想いを口にした。

「好きとか、愛してるとか……それじゃ足りない」

もっと直接的に、想いを伝えたい。桃香が触れるだけのキスをして、俺の欲に火を点けた。そんな夫婦が、ベッドの傍にいるこの状況なら——そういう行為に落ちるのは、当然だと思う。

薄いオレンジのシーツの上に、桃香をゆっくり押し倒した。戸惑いを取り除くようにキスを繰り返していたら、桃香の目が潤んでくる。

薄く開いた唇の間から舌を入れ、歯列をなぞる。熱い口蓋を舐め、彼女の舌を絡め取った。

「っ、ふ……ぁ」

くぐもった声を漏らし、桃香は懸命に舌の動きを合わせようとしている。その様子がいじらしくも愛おしい。

セックスなんて、少し前戯をして、挿れて、動いて、達したら終わり。そんなものだと思っていた。それがただの運動でしかなかったと思い知らせるように、桃香の口内は甘い。

ぴたりと重ねた唇と、互いの口内に引き込むように絡ませた舌。ちゅぷちゅぷと耳を打つ水音は淫靡だった。

桃香の顔を左手で固定し、細い体を右手で撫でた。やわらかな曲線を描く体は女らしく、ただ撫でているだけなのに小さく震えて反応する。

「――桃香」

唇を離して名前を呼ぶ。仄かに赤く染めた眦（まなじり）にキスを落とし、白い顔に口づけた。くすぐったそうに笑う顔が可愛い。

またキスを重ねながら、両手で桃香の服を脱がせた。薄い青のブラウスのボタンを外すと、同系色のブラジャーが露わになる。俺の手に余る大きさのふくらみに右手を当て、ゆっくり揉みしだいた。

「っ、ん、っあ……！」

布の上からの愛撫にも素直に反応し、桃香の嬌声が俺の口内に消えていく。レースの感触越しに乳房を持ち上げ、乳首の辺りを指で押した。

「ん、っん……！」

キスは続けたいが、桃香の声も聞きたい。ぷっくりとした唇を堪能してから、俺は彼女の顎から首筋に唇を這わせる。

「あ、っぁあ、ん……っ」

耳の後ろにキスしながら胸を揉むと、聞きたかった甘い声が溢れてきた。形のいい耳を唇で食んで、舌を使って愛撫する。耳孔に舌を入れると、桃香の全身が大きく震えた。

「あ、っん、あ……！」

「君は耳が弱いな」

「だめ、しゃべら、ないで……！」

顔を真っ赤にして抵抗されても可愛いだけだ。耳全体を唇と舌で愛撫し、耳孔をくすぐる。それだけで、桃香の体は何度も波打った。

「本当に感じやすい」

ねっとりと耳朶を舐りながら囁けば、桃香は甘い声を零す。意識が耳に集中している隙を突いてブラジャーのホックを外し、剥ぎ取った。

ぷるりと揺れる白いふくらみに手を這わせ、少し力を入れた。重力に逆らうように盛り上がった乳房は手が沈みそうにやわらかく、それでいて張りがある。手全体で包み込んで揉むと、しなやかに押し返してくる。

「ぁ、ん……」

小さく喘いで喉を晒した桃香に誘われるように、その白い喉に口づけた。とくん、と脈打つ音がして、唇に彼女の鼓動が伝わった。

首から肩のラインを唇で辿り、時折吸い上げた。桃香はその度に身震いし、俺の腕の中で身を捩る。

乳房のやわらかさを堪能し、鎖骨にキスマークを付けた。白い肌に残った鬱血痕は、誘うように匂やかだ。

真っ白な乳房の頂、綺麗に色づいている乳首の周りを指先で撫でた。爪で引っかくように愛撫すれば、桃香の唇から吐息が零れる。

「ぁ、ん……っ、あ……」

もどかしそうな声に気づかないふりをして、俺は彼女の乳房を揉んだ。心地よい重みが手に乗っている。

「ん、楓、さ……」

「ああ」

どうした？　と視線を合わせてやったら、桃香は困ったように眉を寄せた。弱い快感を与えられ続ければ、そのうち物足りなくなる。俺の妻は、どうやってその先をねだるのだろうか。

「……やっぱり……面倒ですか？」

「……は？」

「わ、私……その……手間、かかります、よね……？」

ごめんなさいと謝る姿は可愛い。可愛いが、ズレている。桃香がこういう行為に慣れていたら、俺はその方がつらい。同時に、早く俺との行為に慣れてほしいと相反した思いもある。

「手間だとは思わない。君が少しずつ感じるのを見たい」

「……気持ち、いいんですけど」

これ以上ないほど赤面して、桃香は続けた。

「……その、あんまり……優しくしなくていいです……」

俺は君に優しくしたいんだが。やっと、好きだと言えたのに。

「……楓さんの好きにしてくれていいんです。その方が」

気持ちよかったから、と小さく呟かれた言葉が、俺の自制心を剥ぎ取った。

「え」

「わかった。もう手加減しない」

「あ、の」

「好きなようにする。――ああ、違うな。君が好きなだけ乱れてくれるように努めさせてもらう」

そう言って、俺は桃香の胸に吸いついた。ツンと硬くなっていた乳首を口に含み、歯で扱きながら舌で嬲った。

「え……っあ、あ、ん……！」

ちゅうっと音を立てて吸い上げ、舌先で突つき、唇で包み込む。もう一方は指で摘まみ、擦り、押し潰す。

「あ、……ふ……っぁあ、ん……っ」

指先で捏ね、弾いた瞬間、桃香が細い悲鳴を上げる。快感に濡れた声が、心地よく聴覚を刺激してくる。

「気持ちいいか？」

乳首を甘噛みしながら問えば、こくりと頷く。その様子が、俺の中心に熱を走らせる。が、まだ桃香は乱れていない。快楽の入り口に立っている程度だ。

俺は彼女の唇をゆっくり撫でた。桃香は、唇も弱い。

「ん……」

気持ちよさそうな声を零し、桃香が目を閉じる。その唇の間から指を差し入れ、口内を探った。

「っ、ん……っ」

少し苦しそうな声がしたが、気にせずに歯に触れる。つるりとした感触を撫でていくと、桃香はむずかるように俺の指を咥えた。

「ん、ん……っ」

人差し指だけでなく中指も咥えさせ、胎内を拓く時のように口蓋のあちこちを撫でた。口の中に快楽のポイントはないと思うが、桃香は素直に俺の指を舐めている。

空いた手で胸を愛撫し、さっきとは逆の耳を苛んだ。桃香はあえかな声を漏らしながら反応し、俺の指を唾液が伝う。

指を動かして口内を嬲る度、桃香の舌が追いかけてくる。その懸命さが可愛くて、俺は彼女の首筋にキスマークを残した。

「ん……！」

微かな刺激に眉を寄せ、桃香が小さく啼く。俺は無防備に晒されている桃香の胸に吸いつき、乳首を吸い上げては離れ、また唇で挟み、吸いつく行為を繰り返した。

「あっ、ん……、ぁん……っ」

ちゅぷ、と濡れた音を立てながら乳首への愛撫を続けていると、桃香が指を咥えたまま嬌声を上げた。快楽を追い始めた声が、俺の耳に甘く響く。

もっと声を聞きたくて、小さな口から指を引き抜いた。濡れた指を、ショーツの隙間から秘花に這わせる。

「あ……っ、ぁ……!」

ピンと爪先まで伸ばして、桃香の体が反応する。ショーツを脱がし、秘裂を緩く撫で、苛(さいな)んだ。

「ふ、ぁ……っあ、ん……っ、ぁん……っ」

濡れた指はするりと花片を捲(まく)り、やわらかな媚肉を開いていく。隠れていた花芽を突ついたら、桃香の声が高くなった。

「や、あんっ、ふ……っあ……んっ……」

くちゅ、と粘り気のある水音が響く。俺は桃香の蜜路に中指を差し込み、ぐちゅぐちゅとかき混ぜた。

「あ……っぁあ、……っん……っ、あぁっ……!」

ナカの良い部分を擦(こす)ってやると、桃香の脚ががくがくと揺れる。シーツを握り締めた手の白さが印象的だった。

「ここ、好きだろう?」

弱い場所を掠めるようにやわく刺激したら、こくこくと頷く。素直に感じている様が愛しい。

「それから、ここも」

俺はわざと良い部分から少しズレたところを責めた。桃香の腰が淫らに動き、良い部分を俺の指に当てようとする。

「物足りない？」

「だっ、て……っ、そこ……ちが……っあ、ん、ん……っ」

「全部イイくせに」

俺が笑うと、桃香は泣きそうな顔になる。実際、彼女は弱い部分が多い。耳も鎖骨も、乳房も花芽も、それからナカも、全部が弱い。

「そ……した、くせに……っ」

「そうだな。俺が見つけた」

ここも、と言って桃香の弱い部分を指の腹で押しながら、人差し指も差し入れた。良い部分を擦られる快感と、指を挿れられた異物感に桃香が声もなく震える。

「っは、……あ、あぁん！」

くちくちと隘路を拡げていると、桃香のナカはいやらしくうねって俺を誘う。淫らな蠕動を繰り返すこの蜜路に押し入ったら、どれほどの快感だろう。

「かえ、で、さ……っ、も……挿れて……！」

「もう？」

「だって……イッちゃう……も、だめぇ……っ」

半分泣きながら懇願され、俺は張りつめた自身を桃香の秘部に当てた。溢れた蜜を絡めた後、腰を引く。

「……え」

「まだ、ここを触ってない」

桃香の一番弱い部分——花の蕾をくるくると指先で押す。と、桃香の体が震える。

「あ、つぁ、……だめ、だめ……っ、ん、あぁ……っ」

高く啼いた桃香の体が強張り、次いで弛緩した。

嬌声と共にどくっと溢れた蜜が、彼女が達したことを教えてくれる。

「イッた？」

「や……っ」

両手で顔を覆った桃香の涙は可愛い。

「だから……はやく、挿れてって……っ」

「ああ。でも、君のその顔を見たかった」

桃香が、俺の指で乱れる顔を。俺自身が胎内に挿入ってしまうと、こちらも余裕がなくなって確かめられない。

俺は体をずらし、桃香の秘花に顔を埋めた。やわらかく蕩けた媚肉を舌で嬲り、蜜壺を味わう。

とろりとした蜜が、舌を伝って口内に流れ込んでくる。

「あ……つぁあん……っあ……っ」

花芽を探り、剥(む)き出しになった蕾を食べる。傷つけないように舌と唇で愛撫すれば、桃香のナカからは愛液がどんどん溢れた。

「あ、っああ……っ！」

桃香の息遣いが短くなっていく。一度達しただけに、次も近いのかもしれない。

「桃香」

「や、そこ……っ、だめ……！」

俺は舌全体で蕾を舐(ねぶ)りながら問いかけた。

「もう一回、先にイクか？」

「やだ、いや……！」

ここで喋るなという意味か、それとも一人でイクのは嫌という意味か。どちらも正解だろう。

俺は最後にもう一度蕾を吸い上げ、軽く口づけた。それだけで、桃香の腰が揺れる。

その時に思いついたのは、どうしようもない嗜虐心から来たものだった。我ながら終わっていると思う。

「桃香」

名を呼びながら、そっと体を抱き起こした。以前の体位を思い出したのか、桃香が困惑した視線を向けてくる。

「前とは違うから」

俺がそう答えると、ほっとしたように体の力を抜く。そこを狙って、細い体を反転させた。

「え」

「背中に触ってなかった」

白いうなじに吸いつく。ちゅ、と音を立てて痕を残し、体を支えていた手で乳房を揉む。

「あ……、ん……っ」

すぐに快楽を拾い始めた桃香の背中を唇で辿り、見えないのをいいことに痕をつけ、花を咲かせる。細くくびれたウエストにもキスを落とし、腰を持ち上げる。

腰を抱えるようにしながら、指でぬちぬちと蜜路を開く。絶え間なく愛撫を受けていた蜜壺は、難なく指を受け入れた。何度も抽挿（ちゅうそう）していくうちに、桃香の呼吸が乱れてくる。

「そのまま、腰を高くして——そう、いい子だ」

俺は桃香の髪を撫でて口づけた直後、後ろから一気に貫いた。今までとは違う角度の刺激に、桃香が甘く啼（な）いた。

「あ、や、あ、っああ——……っ！」

快感に堕ちた声はどこまでも甘く、耳に心地良い。同時に、繋がった部分から得も言われぬ快楽が俺の脳髄を灼いた。

「動いていいか」

「っん、あ……、あ……っ」

うつ伏せた桃香の体はしどけなく、腰だけを高くした体勢は優美な獣のようだ。後背位は顔が見えないのが残念だが、その分、深く繋がれる。

ゆっくり律動を開始すると、桃香は枕を抱き締め、顔を埋めて声を抑えている。

「っ……あぁん……っ……あ……！」

声に合わせるように、細い腰が揺らめく。ざらついた肉襞が俺自身を包み、ぎゅっと締めつけてきた。

「……っ、桃香」

桃香の締めつけは、今までよりきつい。力を抜かせる為、俺は桃香の花芽を探り、くるくると円を描きながら弱い刺激を与えた。

「っん、……あ……っ……ぁあん……っ」

二つの違う刺激に戸惑ったのか、桃香の体から力が抜ける。そのタイミングで、より奥を穿つように抉った。律動を速めると、桃香の体がしなる。

「っぁ……っあ、んっ……！」

桃香がどんなに声を抑えても抑えきれないように、彼女のナカはいやらしくうねっていた。淫らなその動きが、俺の欲に絡み、包みながら絞り上げてくる。

「淫乱な体だな」

俺が囁くと、桃香は嫌がるように小さく頭を振った。

「俺はその方がいい。君が俺で感じてくれるのは、嬉しい」

「ん、わた、しも……っ」

苦しそうに顔を上げ、俺に振り向きながら、桃香はたどたどしく告げた。

「してる時の……楓さん、好き」

――ああ、本当に桃香は可愛い。多少意地悪くなっているだろう俺を好きだと言って、俺の嗜虐心を煽り、征服欲を刺激してしまう。

俺は桃香のナカの良い部分を切っ先で抉った。溢れる嬌声に耳を溺れさせながら、律動のリズムを変える。

「あっ……っぁん……っ、……ん……っ」

そろそろ互いに絶頂が近い。桃香の体を蹂躙し、胎内すら俺のものにしたくなる。

「……っ、桃香」

「ん……っ、っあ……ん……、ぁん……！」

「もう、イッていい」

そう言って今までより更に奥を突く。瞬間、桃香は顔を仰け反らせ、絶頂を迎えた。

きゅうっと俺を締めつけていた柔襞がうねり、吸いついて絡みつく。淫りがわしい蠢きが俺を刺激し、媚肉の締めつけはどこまでもやわらかく、きつくなる。

「……っ」

射精感に逆らわず、桃香の胎内に白い精を吐き出す。その瞬間の快感は、どうしようもなく強く熱い。

「……ぁ……？」

脱力しきった桃香の体を持ち上げ、胡座をかいた俺の上に座らせる。背面座位の体勢を取ると、繋がっていた部分が更に深くなり、達したばかりの俺が再び硬さを取り戻した。

「この体勢なら、キスもできる」

「え、あ……っぁ、ん！」

胸も、触れる。ぷるんと揺れる乳房を両手で持ち上げ、手のひらで包んだ。桃香のナカにある俺が更に硬くなり、奥深くを穿つ。

「あ……っん、ん……！」

桃香はくったりと俺に凭れ、体を預けてくる。その肩に口づけながら、乳首を捏ねた。ぴくんと反応する桃香にキスしたら、応えてくれた。

「ん……っ、ん……」

互いの唇を重ねていやらしく舌を絡め合う。繋がったままの下半身を少し動かすと、桃香の体が震えた。

「っん、……んっ……」

苦しげに、けれどキスをやめようとはせず、桃香は頼りなく舌を使っている。それをあやすように絡め取って舐り、より深いものに変えていく。飲み下しきれなかった唾液が、つうっと桃香の顎に流れた。

丸いヒップラインを辿りながら腰を持ち上げ、半ばまで抜いて落とす。そのタイミングに合わせて腰を使い、律動する。ぐぷぐぷと乱れた音がして、桃香のナカがきゅっと締まる。

「っ、は……ん……っ」

はぁ、と小さな息をついた桃香から離れ、首筋に顔を埋めた。肩に続く稜線を唇で撫で、舌で舐める。しっとりと汗に濡れた肌は、匂うように甘かった。

桃香の体を前に倒し、四つん這いにさせて再び後ろから突いた。深く繋がり、抜く寸前まで離れる。そんな単調な動きにも、桃香は嬌声で応えてくれる。

「ん、ぁ……っあ……んっ」

繋がった場所が泡立ちそうなほど激しく腰を遣い、肌を打ちつける音がする。その打擲音すら心地よく、俺の昂りをますます硬くさせていた。桃香は蕩けきった声を溢れさせ、淫らに腰を揺らす。

「っああ、……っん……、かえ、……で、さ……っ」

名前を呼ばれると、眼下のこの白い体を蹂躙して俺だけのものにしたい。それ以外、もう何も考えられなくなる。

「桃香……っ」

自分でも聞いたことがないほど切羽詰まった声で、俺は彼女を呼んだ。

「好きだ、愛してる」

快楽に溺れている桃香に、聞こえていなくてもいい。やっと口にできた告白がきっかけになったのか、俺の中枢は壊れたように桃香を求める。

労りたいのに、そんな余裕もなく白い体を揺さぶり、腰を打ちつける。深い部分を穿ち、カリで引っかきながら擦れる度、桃香は乱れた。

「ぁん、……あ……っ……あんっ……んぁ……っ！」

「桃香」

名を呼ぶ度に桃香のナカがうねり、締めつけてくる。締めつけながら淫らに蠢く柔襞に翻弄され、俺は技巧も何もなく、ただ抽挿を繰り返した。

ぷるぷると揺れる乳房を揉みしだいたり、揺れる腰を咎めるように押さえつける。愛撫を変えると、桃香の体は素直にそれに反応する。

「ん、あ、あ……だめ、もう、……だ、め……っ」

蕩けきった声が限界を訴えた時、俺は細腰を引き寄せて一層奥に自身を捻じ込んだ。襞の一つ一つが、意志を持つように動いて俺を迎え入れる。張り出した部分が桃香の良いところに当たるように腰をグラインドさせたら、小さな悲鳴が上がった。

「ぁん、あ……っ、あ、あ——……っ」

一際甘い声を上げ、桃香が達した。再び射精感が腰を貫き、俺は桃香のナカに熱い精を吐き出し続けた。

「あ……」

陶然とした声で桃香が喘ぎ、微かに震える。そんなささやかな動きすら快感に繋がり、俺は自分でも呆れるほど彼女のナカに注ぎ続けた。

濡れそぼった蜜壺から自身を引き抜くと、白い精と蜜が混ざり、桃香の太腿を流れ落ちる。

「ん……っ」

その感覚も刺激になったのか、桃香は甘い吐息を漏らした。そのまま、枕の上に倒れた。

「桃香」

俺が呼ぶと、気怠げに振り向く。とろんとした瞳が煽情的で、もう一度抱きたくなる。

「……楓、さん」

体を反転させ、桃香は俺に向けて両腕を伸ばしてきた。珍しく甘えるような仕種だ。俺が顔を寄せると、桃香の胸に抱き込まれる。

「……私も、愛してます」

消えそうな声の告白は、俺の聴覚に優しく響いた。

――夜が更け、朝が来るまで。

俺たちは色々な話をして、キスをして、抱き合って。笑いながら、また話して。

幸せというものを、二人で育み始めた。

6．関係の深化

結婚してから恋愛関係になった私たちは、今が本当の蜜月だ。何ていうか、楓さんが優しいのである。元々、素っ気ないわりに私に気遣いしてくれる人だったけど、今はわかりやすく優しい。

ティエリさまの晩餐会に出席することが正式に決まり、私は月足課長に相談しながら楓さんと私のスケジュールを組んだ。晩餐会出席後にフランス旅行を予定しているから、楓さんには事前に片づけられる仕事は全部済ませてもらいますと言うと、月足課長はにっこり笑って頷いた。合間にヨーロッパの企業との会合やパーティーはあるものの、プライベートも重視した予定を組めた。

夕食後、私がそのスケジュール表を見せると、楓さんは秀麗な顔を強張(こわば)らせた。

「……俺は、週に一回以上仕事が入っている気がするんだが？」

「どうせフランスに行くなら、ヨーロッパの取引先とお話ししてきてほしいと月足課長が」

「新婚旅行中に？　君を一人にしろと？」

「私は一人で大丈夫です」

頷いた私に、楓さんはつまらなさそうに呟いた。

「俺の友人の恩師がオイル語に詳しいから、紹介してやりたかったたな」

「……っ、過去形にしないでください！」

「一人で大丈夫なんだろう？」

楽しげに笑う楓さんに、私はちょっと意趣返ししたくなる。

「紹介状とアポさえ取ってくれれば、一人で大丈夫です」

一年だけとはいえ、フランスに住んでいたのだ。オイル語に詳しい方に会う為なら、時間の捻出くらいどうとでもするし、アポを取ってもらえるなら、一人での移動は問題ない。

「……君はもう少し、俺に甘えるとか頼るとかを覚えてほしい」

溜息をつき、楓さんはスケジュール表をテーブルの上に置いた。そのまま、隣にあったマグカップを取ってコーヒーを飲む。

「ご家族との話し合いも、結局俺なしで終わらせた」

「好きな人と結婚してるので離婚するつもりはないと、事実を言っただけです」

そしてその後、両親と姉からの連絡は最低限しか応じていない。姉が水野さんと結婚するのは祝福するけど、私の結婚事情に口出しされたくない。

「結婚した相手を好きになった、だから順番は違うけどな――君も俺も」

「些細な問題です。私は結果に満足なら過程は気にしません」

「俺もだ」

微かに笑って、楓さんは向かいに座っていた私に隣に来いと合図する。少し恥ずかしいけど、晩秋の肌寒さは人恋しくなる言い訳になってくれるので、私は彼の隣に腰を下ろした。

「桃香」

「はい」

返事をしたら、楓さんは言葉を探しているようだった。言いにくいことなのかな。

「俺の両親は」

そこで区切って、深く息をつく。……お義父(とう)さまとお義母(かあ)さま。結婚式でお会いして以来、まったく接点がない。

「君が俺の子どもを産むまで、君を認めることはないと思う。そういう人たちだ」

「はい」

「だから関わらなくていい。俺はすぐに子どもが欲しいわけじゃないから、君には嫌な思いをさせるかもしれない。そうならないように努力するが、至らないこともあると思う。その時は、我慢せずに言ってほしい」

「多少の我慢はしますよ？」

義理の家族との関係なんて、我慢と遠慮がなければ築きづらい。そう言った私の髪を、楓さんがくしゃくしゃにする。

「しなくていい、つけ上がらせるだけだ。君が傷つくのは見たくない」

「……私を傷つけられるのは、楓さんだけですよ」

そう言ったら、心外だという顔をされた。だけど本当のことだ。たぶん私は、楓さんに嫌われることが一番怖いし、傷つくと思う。

「なら、俺が君を傷つけたらちゃんと言ってくれ。一人で我慢しないこと」

諭すように言われ、私は頷いた。楓さんは、私が傷つくことは嫌だと言うけど、私だって楓さんを傷つけたくない。

「ちゃんと、嫌なことは嫌だと言います。だから、楓さん」

「ん？」

「ティエリさまの晩餐会のドレス選び、付き合ってください……」

ここ数日、ずっと気が重かった理由を打ち明けた私に、楓さんは破顔した。

出社したら、月足課長に手招きされた。おとなしく第一秘書室に入ると、月足課長は深々と息を吐いた。

「……私、何かしましたか？」

「いえ。一ノ瀬さんの責任ではありません。ありませんが……」

「何でしょうか」

「鏑木隆彦氏から、謝罪の場を設けてほしいと連絡がありました」

「お断りします」

「ですよね。そこはいいんです、専務も同意見ですから。あまりしつこいようなら、ストーカー被害を訴えることも考えると返事をしました」

楓さんが先に断ってくれていたらしい。……なら、どうして私を呼んだのかな。

「その時に、専務は個人的な――仕事とプライベート両用の端末で鏑木氏とやり取りしています。そして」

こちらが、今朝それに届いたメッセージですと見せられたスマホの画面にあったのは『一ノ瀬商事　海外事業部　インサイダー取引』という単語の羅列だった。

「鏑木氏からの『謝罪』ですよ。どこで情報を得たのかわかりませんが、とんでもない内容です」

「これ……専務は」

ご存知ですかと問いかけた声が乾いている。一気に喉まで干からびたようになった私に、月足課長は頷いた。

「このスマホは普段は私が預かっています。今朝これが届いた時点で、すぐに報告しました。今、海外事業部の高津部長を呼んで収支報告を聞いていらっしゃいます」

「誰が関わっているかは……」

「そこまでは。この情報が事実かも不明ですが、そろそろ半期決算報告の時期です。放置はできません」

でも、内々に済ませることはできるんだろうか。インサイダー取引ってよくわからないけど、社内で知り得た情報とかを元に株式取引して不正利益を得る……ってことよね？

「専務もこの問題を放置なさるつもりはありません。上層部を洗い直すそうです。そこで、一ノ瀬さん」

「はい」

「あなたにも協力してもらいたいんです。秘書の職域からははみ出すかもしれませんが」

「私……インサイダー取引が何かもよくわかっていないんですが」

それでも役に立てるんだろうか。私がそう思った時、月足課長の内線が鳴った。

「失礼。──はい、月足です。……はい。はい。わかりました」

二言三言のやり取りだけで通話を終え、月足課長は私を見た。

「専務がお呼びです。すぐに伺ってください」

「……はい」

楓さんからの呼び出しは、このことについてだろう。まだ話を聞いたばかりで今ひとつ理解しきれていないけど、私にできることがあるならやりたい。そんな決意を胸に、第一秘書室から隣の専務の部屋に移動する。

扉をノックすると、解錠した音と入室を許可する声がした。楓さんの声は、心なし、いつもより疲れている。

「失礼します」

「ああ。……そこに座ってくれ」

「はい」

勧められたソファに座ると、楓さんはデスクから離れて向かいに腰を落ち着ける。そして、私を真っ直ぐに見た。

「月足から、どこまで聞いた?」

「鏑木さんからの連絡内容と、この件の調査に協力してほしいと」

「そこまで聞いているなら、話は早い。君にも協力してもらいたい」

「はい」

「今のところ、このことを知っているのは俺と君と月足だけだ。他の者には知られないように」

まあ、いずれは公にせざるを得ないがと呟いて、楓さんはテーブルの上にあったファイルを開いた。

「公表する時には、きちんと証拠を押さえて処分しておきたい。株主代表訴訟にでもなったら事だからな」

「わかりました」

「そのファイルが、今、海外事業部で携わっている取引先だ。今後取引する予定の会社もある。むしろそっちが危ない」

「はい」

「海外事業部の高津部長から報告を受けたが、不自然な様子はなかった。演技かもしれないが、うちの部長クラスになると年収は二千万を越える。社会的地位もあるし、わざわざインサイダーなんて危ない橋を渡る必要もない」

確かに。ただ、私は高津部長を直接は知らないので、彼が上昇志向の強い人だった場合を考えてしまう。

「社員間の噂話を拾うにも時間がない」

「……そうですね」

そこで私は、楓さんに提案した。何となくでも、相手の望みを察することはできてしまう。

「鏑木さんに、詳しい情報をお願いしましょうか」

「……」

不機嫌な顔になった楓さんに、私は苦笑した。協力してほしいと言ったのは、このことだと思うんだけど。

「だって唯一の手がかりですし。何の情報もないまま、半期決算報告までに突き止めるのは、日程的に無謀です」

「……君に色仕掛けなんて真似はさせたくない」

「私もそんなことはできません。ただ、お話ししてみます。謝罪したいということでしたから、そこを攻めてきます」

鏑木さんが知っているということは、奥寺グループと繋がりのある事業に関係している可能性が高い。

「俺は不本意だ」

「それは私もです」

「なのに、結局君に頼るしかないのもわかってる」

私というか、鏑木さんに、だけど。

「私は楓さんの妻で、秘書ですから」

公私共に、彼を支えるのは私でありたいから。

「だから頑張ります」

私が笑うと、楓さんはますます不機嫌そうに端麗な顔を歪ませた。それでも綺麗だから、本当に美形だと思う。中身はもちろん、私は楓さんの顔がとても好きである。

＊＊＊

桃香に、鏑木からの情報を取るよう頼まざるを得なかった。不本意すぎる。

苛立ちながら、俺は奥寺グループとの共同事業計画書を確認する。いくつかの事業が予定されていて、殆ど(ほとん)どが海外を拠点とするものだ。それに関わっている社員を探し、周辺を探る――言葉にすれば簡単だが、実際はそう上手くはいかない。インサイダーで稼いでいても、わかりやすく生活が派手になっているとは限らないからだ。

俺がモニターを睨みながら調べていると、月足からの内線が鳴った。

「何だ」

『鏑木氏に連絡したところ、今日すぐにでもという答えでしたので、一ノ瀬さんに出かけてもらいます』

「……そうか」

仕事中だろうに、鏑木は何を考えているのだろうか。そんなに桃香に執着しているのかと思うと気分が悪い。

『スーツのままでは色気がないので、着替えて行っていただく予定です。一応、専務の許可を取っておこうと思いまして』

仮にも夫ですしねと続けられ、苛ついた。仮も何もない、俺は桃香の夫だ。

「不貞行為だと思われないよう、人目のないところには行くなと伝えろ」

『内容が内容だけに、人目のあるところで話すわけにはいかないのでは』

ああ言えばこう言う秘書だ。俺は苛立ちを押さえながら、桃香の特技を口にした。

「桃香も鏑木もフランス語はできる。フランス語で会話するように言っておけ」

英語よりはフランス語の方が秘匿性は高い。桃香のフランス語はビジネスレベルだから、もし経済用語が出ても問題ないはずだ。

『わかりました。鏑木氏が受け入れるかはわかりませんが』

「……桃香に、ボイスレコーダーを持って行かせろ」

俺の言葉に、月足が嘆息した。会議用のボイスレコーダーは、様々なサイズと機能のものが揃っている。

『どこまでも疑い深い夫ですね。嫌われますよ』

「この件の情報提供者として、鏑木にも一枚噛んでもらう為だ」

『物は言いようですねえ……』

感嘆した風を装った嫌味を吐いた月足に舌打ちしたくなったのを堪え、通話を終えた。


桃香が帰ってきたのは、二十一時を少し過ぎた時間だった。夕食は済ませてきたと言われ、小さな嫉妬が芽生えたが抑えつける。俺が頼んだ「仕事」だ。

それにしても、こんなに艶やかな装いで会う必要はあったのか。そう思うくらい綺麗だった。

黒にクリスタルガラスを縫いつけたワンピースは、桃香の白い肌を引き立てていた。裾から少しスリットが入り、歩く度にしなやかな脚が蠱惑的に晒される。

「……ご機嫌斜めですか？」

帰宅するなりそう言って、桃香はショートコートを脱いだ。自室に行ってバッグを置いた後、リビングルームに戻ってくる。

「鏑木さんとお話ししてきました」

水割りのグラスを両手で包み、中の氷をくるくる回転させながら桃香が報告を開始した。

「妙な動きをしているのは、海外事業部のＥＵ担当、臼杵（うすき）さんだそうです」

「鏑木は何故そんなことを知ってるんだ」

俺の疑問に、桃香は「それはですね」と話し始めた。

＊＊＊

楓さんとお話しした後、月足課長の指示で百貨店に行き、店員さんに勧められるままに着替えた。

それから向かった銀座のサフィーアホテルのティーラウンジの奥で、鏑木さんが待っていた。

「お待たせしました」

私が一礼すると、鏑木さんは屈託なく笑った。

「待った甲斐はあるな。君は黒が似合うね。初めて見た時も、黒のイヴニングドレスだった」

「ありがとうございます」

「それと」

鏑木さんは私に椅子を勧めた後、頭を下げた。突然の謝罪にびっくりする。

「先日はすまなかった。女性に対して非礼が過ぎたよ」

「そうですね」

「許して……もらえるかな」

「今日のお話次第です」

私が「取引」だと匂わせたら、鏑木さんは困ったように頭をかいた。

「手厳しいね」

「それと、夫からの指示なんですが。例の件の会話は、フランス語でお願いできますか」

「いいけど。経済用語も出てくるよ？」

鏑木さんの疑念も、もっともだ。私のフランス語力はビジネスレベルであって、ネイティヴではない。

「その時は、翻訳アプリを使わせてください。……ここだと、機密性は守れますか？」

ティーラウンジは、昼間だからか空いてはいるものの、半分近くの席が埋まっている。隣席は誰もいないし、会話は聞こえないと思うけど用心に越したことはない。

「ちょっと難しいね。ここのレベルなら、フランス語くらいはできるスタッフや客が多い。心配なら、アフタヌーンティーをどうかな。ラウンジじゃなく個室で」

「二人きりになるのは避けたいんですが」

私は既婚者なので、楓さん以外の男性と個室でアフタヌーンティーは避けたい。

同時に、鏑木さんの機嫌を損ねたくはない。まだ、何の情報も引き出せていないし。私が悩んでいると、鏑木さんが提案してきた。

「近くの公園を散歩しながらの会話は？　それと、フランス語以外はできる？」

「スペイン語なら。日常会話くらいですが」

「それこそ翻訳アプリを使えばいい」

鏑木さんの言葉はもっともで、私も頷いた。公園の散歩なら外だから二人きりではないし、同方向に歩く人にさえ気を配っていればいい。

「わかりました。目黒でいいですか？」

「ああ。皇居でもいいけどね、人が多すぎる」

「そうですね」

「電車で移動は嫌いなんだ。タクシーでいいかな」

「はい」

このホテルにも、送迎用のタクシーが待機している。鏑木さんはウェイターを呼んで、十分後にタクシーの手配を依頼した。

「十分後ですか」

「ああ。それまではティータイムを楽しんでほしいな。僕が相手だと気が進まないのはわかってるけど」

「そうですね」

「……君、一ノ瀬くんと同じでプライベートだと愛想がないね」

「ありがとうございます」

楓さんと似た者夫婦ってことよね、嬉しい。

素直にお礼を言ったら、鏑木さんは深い溜息をついてティーカップを持ち上げた。

——十分後、サフィーアホテルのエントランスに降りると、タクシーが待っていた。エスコートしてくれようとする鏑木さんをお断りして、先に車内に入る。私が後部座席に座ると、鏑木さんは助手席に座って距離を保ってくれた。

ごく自然に車が動き出し、目黒に向かう。車内では私も鏑木さんも沈黙を選び、運転手さんに行き先を告げただけだった。

そして、目的地に着いたので、東門から公園に向かって歩き出す。気候のいい秋だからか、散歩している人はいるものの数は多くない。何か会話しながら歩いているカップルもいるけど、声は聞こえてこない。

「ここから、スペイン語?」

「念の為。ボイスレコーダーに記録しますから、すぐにはわからない方がいいかと」

『承知しました、奥さま』

すっとスペイン語に切り替えて鏑木さんが答える。アナウンサーみたいに正確で聞き取りやすい発音だった。

私は鏑木さんに見えるようにボイスレコーダーを出し、録音を開始する。

『まず、僕が気づいた理由から話そうか』

『はい』

『パーティーで、やけに会うんだよ』

『パーティー？』

『そう。仕事とはほぼ無関係な、女の子と遊ぶ為のパーティー。ちょっと小洒落たホテルのスイートだったり、本格的なサロンのパーティーだったり、規模は色々だけどね』

なるほど、楓さんはそういう場所には行かないみたいだから、情報入手が遅れたのは仕方ないかも。

『そこには僕みたいな生まれつきのお坊ちゃまだけじゃなく、一代でそれなりの財産を築いた連中まで揃うんだけど。臼杵は、どちらでもないんだ』

『ウスキさん』

『一ノ瀬商事の海外事業部、ＥＵ担当だよ。グループリーダーだかチーフだか、そんな役職だったかな。僕にも共同事業があるからと挨拶してきた』

私は、手に持ったスマホに「ＥＵ担当　ウスキさん」と入力する。それを見て、鏑木さんは「臼杵」と漢字に直してくれた。

『そういうパーティーで会う頻度がね、高すぎる。参加費だけじゃない、資産も必要なパーティーもある。一ノ瀬商事勤務とはいえ、グループリーダー程度が頻繁に遊べるものじゃない』

芝生の広場を抜けて散策道を歩く。鬱蒼と繁った雑木林を見上げて、鏑木さんは興を削がれたように続ける。

『何より、遊び方が綺麗じゃない。嫌がる女性に食い下がったりね』

『鏑木さんみたいに？』

私が揶揄(からか)ってみせたら、鏑木さんは肩を竦(すく)めた。その大仰な仕種が、妙に様になる人だ。

『ちょっと違うな。僕は本気で君を口説きたかった。臼杵は、金をちらつかせて女性と遊ぼうとした。マナー違反だ』

それで不快感を持ち、頻繁に顔を合わせる臼杵さんの財源が気になったという。一ノ瀬商事のグループリーダーなら年収一千万クラスだけど、鏑木さん曰く「そんな金じゃ足りない」らしい。

『彼自身が不愉快だったのもあったし、奥寺グループと共同事業をする一ノ瀬商事の社員が何かやらかすと、こっちまで被害が来る。それで調べた』

『どうやって？』

『僕の立場は祖父あってのものだからね。祖父に内緒で使える金はわりと少ない』

ついさっき、一千万円を「そんな金」と言った人の「わりと少ない」は一体いくらなんだろう。

そう思ったけど、黙って聞いた。

『だから、臼杵にカマをかけた。君はどうやって遊ぶ金を調達してるんだって』

『そのくらいで話します？』

『話すさ。その時彼が狙ってたのは、僕の連れだったからね』

『よくわかりません』

『僕より自分の方が金がある、彼女にそうアピールしたかったんだろう。金に困ったら、作ればいいじゃないですかって笑ったよ』

その時のことは嫌な記憶らしく、鏑木さんは不快感を隠そうともせずに吐き捨てた。

『作る……』

『稼ぐ、じゃなくてね。作る。はっきり言わなくても、不正をしていることはわかるよね』

そこからは、一ノ瀬商事の他の社員――共同事業で関わっている人たちからの噂の聞き込みで十分だったらしい。

『一ノ瀬くんもこれを聞くのかな。なら忠告だ。社内通報制度をもっと整えた方がいい。臼杵がインサイダー取引をしている噂は、海外事業部国際金融課では有名らしいよ』

『ご忠告、ありがとうございます』

そこで録音を止めた。これで充分な情報をもらえたと思う。録音停止したボイスレコーダーを見た鏑木さんは、日本語に切り替えた。

「どういたしまして。僕がこんなことをペラペラ喋るのは、君に許してほしいからだし」

そこまでのこと……だろうか。確かに、ほぼ初対面の私にコーヒーをかけるなんて非常識なことだけど、それでもこの情報とは釣り合わない気がする。

「どうしてここまで教えてくださるんですか？」

「君に許してもらいたいからだと――」

「それだけ、ですか？」

鏑木さんには、何か他に目的があるのではないだろうか。そう思った私の視線を避けるように、彼は散策道に落ちてきた銀杏の葉を拾い上げた。

「……僕の初恋の人に似てるんだよね、君」

「初恋の人……ですか」

「そう。だから惹かれたんだけど、会った時には、君は一ノ瀬くんの妻だったし。口説きたくても鉄壁のガードだし。顔も名前も知られてないままよりは、嫌われてもいいかとコーヒーをぶっかけてみたはいいけど、残ったのは後悔だけ」

何だか自棄になったように言って、鏑木さんは私に顔を向け、がしがしと頭をかいた。整えられていた髪が、ぐしゃりと崩れる。

「僕はね、自分が一番好きなんだ。なのに、君を見たら罪悪感が込み上げる。初恋の人を思い出す度、あの時の君の顔が浮かんできて……僕自身を責めるんだ」

「はあ」

「だから、これは僕なりの贖罪だ。君に謝りたいし、許してほしい。その為なら、放置しとけばうちの利益になりそうな情報を、一ノ瀬くんに提供するのも仕方ないと思ってる」

「……怒ってはいますけど。許さないとは思ってませんよ」

私の言葉に、鏑木さんは「え」と顔を上げた。精悍な顔立ちなのに、疲労感が濃いのは――私に会うと罪悪感が溢れる、ということかな。

「少なくとも、今回のお話はとても助けになりました。夫は立場上あなたに便宜を図れるかわかりませんが、私は感謝しています」

心からの感謝を込めて、私は頭を下げた。

「ありがとうございます」

そうお礼を言うと、鏑木さんは茫然と私を見つめた後――ぷっと吹き出した。

「――どういたしまして。礼の言葉は、どの国のものでも美しいけど」

言いながら、鏑木さんは時計を見た。話はもう終わりということだろう。

「日本人だから、日本語で言われるのが嬉しいな。……先日は、本当にごめん」

「シミ抜きもできましたから。あまり気にしないでいただけたら」

「うん。――次に会う時までに、僕も初恋を吹っ切るようにするよ」

顔を上げた私に、鏑木さんは屈託なく笑って、スマホを取り出した。

「僕だ。――ああ、家に帰る」

タクシーか、専属の運転手を呼んだのだろう。慣れた様子で指示し、私の手を取ろうとした。それをつい避けてしまったら、反省したように項垂（うなだ）れる。

「この、すぐに調子に乗るところが駄目なんだと言われてはいるんだ。でも、送るくらいはしないと」

「すみません。夫以外の男性にエスコートされるのは……というか、ここで腕を組んだら、人目につかないところを避けた意味がなくなります。送っていただかなくて大丈夫ですから」

「確かに。――君の語学力だけど」

「はい」

「この先も役に立つと思うよ。臼杵は英語はできるけど、フランス語はさっぱりだ。これは僕が確かめたから間違いない」

　何でも、フランス語での会話遊びについてこれなかったらしい。そうやって選別する辺り、上流階級の遊びは意地悪だなと思う。

「ただ、ＥＵ担当だからドイツ語は多少話せるようだ。だからあいつの前で隠し事をしたい時は、フランス語かスペイン語なら問題ない」

「わかりました」

　話しながら歩いて行くと公園を抜け、通りに出る。すぐに道路に車が停まった。国産の、有名な高級車だ。その後部座席に乗り込んで、鏑木さんは窓を開けた。

「それじゃ、僕はここで。――これは僕の連絡先。困ったことがあってもなくても、いつでも連絡してくれていい」

「夫と相談して決めます」

　私の答えに、鏑木さんはくくっと笑った。そして、私の手に名前と電話番号とＩＤの書かれた名刺を押しつける。

「僕も、君みたいな人と結婚できるよう頑張ってみるよ」

「パーティーで遊んでいたら、私みたいな地味な人は見つかりませんよ？」

　違いないと笑った鏑木さんにもう一度お礼を言って、私は走り去る車を見送った。そして、くぅぅっと鳴りそうなお腹を押さえ、アプリでタクシーを呼んだ。

「すみません、銀座の……サフィーアホテルまで」

この、地味なようでいて華やかなワンピースでも浮かないお店は、銀座にならたくさんあるだろうけど……探すよりは、さっき入ったサフィーアホテルのレストランにする方が早い。

私はスマホアプリを駆使して、サフィーアホテルのイタリアンのお店にディナーを一人分予約した。移動するタクシーの中で、楓さんにメッセージを打つ。

『色々聞けました。これから夕食を食べるので、帰ったらお話しします』

その後、イタリアンディナーを一人で堪能し、楓さんの待つマンションに帰ったのだった。

＊＊＊

桃香から報告を受けた俺は、思わず眉を顰めた。メッセージを受け取った覚えはない。

「メッセージ、届いてないんだが」

「え、お店に入る前に送信したはず……」

桃香が怪訝(けげん)そうに首を傾げ、スマホを操作する。そのタイミングで、俺のスマホがメッセージの受信を告げた。

「……送れてなかったみたいです」

「そうだな」

普段はしっかりしている桃香だが、今日行ってもらった鏑木との話は精神的負荷が高い。無意識にプレッシャーだったのかもしれない。

「ボイスレコーダーは？」

「あ、これです」

渡された、それこそスマホ程度の大きさのレコーダーを再生してみる。桃香と鏑木の会話を少し聞いて、停止させた。

「俺はこれを聞いておくから、君は風呂に入ってくるといい。疲れただろう」

「そうします」

こくりと頷き、桃香は自分の寝室に向かった。そろそろ寝室を一つにしてもいい頃だと思うが、切り出すタイミングが掴めない。

俺はイヤホンを着け、桃香と鏑木の会話を再生した。

——桃香が風呂から出てきたので、今後について相談しようか迷ったが、どうせなら月足も同席させたい。俺のオフィスなら、施錠できるから誰かに聞かれる心配もない。

「桃香」

「はい」

「明日会社に行ったら、これを月足にも聞かせるつもりだ。俺は父にこのことを報告して、対応の許可をもらってから出社する」

実家に帰って父に会うとなると、明日の俺のスケジュールが少し狂う。その調整も頼むと、桃香は頷きを返した。

「わかりました」

「それから」

「はい」

「その、君の敬語は……そろそろやめないか」

「え」

「俺たちは夫婦なんだし。対等でいたいというか」

「……その心は？」

「鏑木と同じ対応をされていると思うと、結構つらい」

俺の本心からの吐露に、桃香は目を瞬かせ——くすくすと笑い出した。

「わかりました——わかった、楓さん」

「笑いたければ笑え」

「うん。だから笑ってる」

半ば自棄になった俺の言葉に、桃香はずっと楽しそうに……嬉しそうに、笑っていた。


翌日、俺のオフィスに三人で集まった。月足はスペイン語は解さないので、俺が翻訳しながら説明した。桃香は飲み物を淹れてくれている。

「今更ですが、社内の噂を社外の方から聞くというのは……」

「問題だ。指摘どおりで腹は立つが、社内通報制度を整えたい。が、それより先に臼杵だ」

それぞれソファに座った俺と月足の前に、桃香がコーヒーを置いた。そのまま、月足の隣の一人掛けソファに腰を下ろす。

「どうやって吐かせるか、自白させるか……ですね」

「証拠を押さえるか、自白させるか、だ」

「証券等取引委員会に告発というのは？」

桃香の質問に、俺と月足は首を横に振った。摘発される前に処分しなければ、会社のイメージ毀損に繋がる。

「あっちがその気になれば、投資家の一人や二人、押さえるのは簡単だ。それだけのデータを持っている。だから委員会が動くより先に、臼杵を押さえたい」

「臼杵の職場の者が、会社でなく委員会に通報――そう思う前に、ということでもあります」

「証拠は探せば見つかるだろうが……自白させた方が早いか？」

「そうですね。我々には強制捜査の権利はありませんから」

「だが、ストレートに『インサイダー取引をしているな？』とは聞けないな」

「下手をしたらこちらが名誉毀損ですね」

「……つまり自白させるのも難しい、か」

桃香は、俺と月足の会話を邪魔しないよう、静かにコーヒーを飲んでいる。俺たちの話が止まったところで、顔を上げた。

「あの。疑問なんですが」

「何が？」

「臼杵さんがインサイダー取引してまでお金が欲しい理由、です」

「鏑木の話からすると……遊びたいからか？」

「なら、その線で進めたらどうかと思うんですが」

「その線、といいますと？」

「臼杵さんは、鏑木さんのお連れの女性の気を惹きたかったみたいです。それで『お金を作る』ことも話してしまった。――つまり、女性が絡むと口が軽くなるんじゃないですか？」

桃香の言葉は一理ある。鏑木が勘づいたのは、臼杵が鏑木の連れの女性に自己アピールしたがったからだ。

「それなら、その時の女性と似たタイプの人に訊かれたら……また口が軽くなるんじゃないでしょうか」

大いにあり得る。問題は、そんな女性をどうやって見つけ、協力してもらうかだ。

「人材の当てはあるのか？」

「その時の女性がどんな方だったか、鏑木さんに聞いてみます。連絡してもいいですか？」

「……仕方ない」

夫としては不本意だが、一ノ瀬グループの人間としては受け入れるしかない。父にも、できるだけグループにダメージのない手段をと言われている。

桃香がスマホを操作して数分後。鏑木からの返信が来たらしい。

「……」

内容を見た桃香は微妙な表情だ。嫌な予感がした俺にかまわず、月足が問いかける。

「一ノ瀬さん。どのような返信ですか？」

「……私に似た感じの女性、だそうです。鏑木さんは、初恋の人の面影を追い続けているそうですから」

俺の嫌な予感は的中していた。聞かなければよかったと心から思う。

「そうなると……一ノ瀬さんに、臼杵を誘惑してもらうしかなさそうですね」

「無理です！」

「俺も反対だ」

「いいですか、お二人とも」

桃香の拒絶と俺の反対を無視し、月足が言い聞かせるように身を乗り出した。

「臼杵は今もインサイダー取引しています。いつ、委員会に知られるかわかりません。そして、知られたら終わりです。こちらで処分してから出頭させるのと、あちらから捜査されて逮捕されるのとでは、企業イメージに雲泥の差があります」

淡々とした、だが子どもの我儘を諭す口調だ。

「我が社の今期の連結決算利益は一兆円を超える予定です。おわかりですか？　それだけの企業のイメージが地に堕ちて株価暴落にでもなれば、経済界は大混乱です」

「だが」

「だがも何もありません。臼杵の好む女性のタイプが一ノ瀬さんとは望外のことです。もし別の女性に依頼するとなったら、信頼できて口が堅くて……と、色々条件をつけることになりますから。秘密の漏洩を防ぐ為にも、これは幸運なんです」

正論すぎて言い返せない。それでもまだ不満な俺がちらりと見たら、桃香は考え込んでいる。そして、徐に口を開いた。

「……私、男性を誘惑したことがないんですが」

「誘惑までは言葉が過ぎました。自然な接点を持って、親しくなってください。結婚していることも、専務の秘書であることも隠さなくて大丈夫です」

「それはどこから来る自信だ」

「鏑木氏がそうでしょう？　一ノ瀬さんが専務の奥さまであることを知っても、親しくなろうとしている。その方が『マナー違反』というくらいの女好きなら、引っかかりますよ」

説得力がありすぎて嫌になる。が、俺はまだ抵抗した。相手は法律より自分の欲求を優先する男だ。桃香に危険な真似はさせたくない。

「桃香に、女好きを近づけるわけには」

「弁えてください。一ノ瀬さんは、一ノ瀬家の人間として、また一ノ瀬商事の社員として努力しようとしてくれています。――そうですね？」

「……やってみます」

「桃香！」

応諾した桃香に、俺はつい声を荒らげた。人妻だろうとかまわないタイプの男に、自分の妻を近づけたいわけがない。

「お仕事です。……いえ、相手を嵌めることだから私の仕事ではないんですけど」

「なら」

俺は尚も反対しようとしたが、桃香が指先を俺の唇に当てて止めた。

「でも、私が一番適任みたいだから。……できることはやるの。一ノ瀬家にも、楓さんにもとてもお世話になったもの」

穏やかに落ち着いた声で、仕事用ではない口調で話す。俺が眞宮家の負債を肩代わりしたことを指していることに気づき、何も言えなくなった。

「だから、私にできることなら、恩返ししたい」

会社の為に。一ノ瀬グループの為に。妻に危険を冒させるのか。

そう思った俺に、桃香はふわっと微笑んだ。

「楓さんは、お義父さまに『解決しろ』って言われたんでしょ？　それを支えるのは、私の権利」

——俺の為だと言外に告げる桃香に、反論することはできなかった。


まず、臼杵を引っかけることが必要だ。桃香に関心を持つだろうことは、鏑木のお墨付きだ。そのことは心配せず、自然な接触プランを練る。

「EU担当でフランス語ができないのは珍しいな。そこを突くか」

「そうですね……フランス語圏のどこかを担当させましょうか」

月足が頷き、俺は桃香に視線を向ける。

「君を、一時的に海外事業部に異動させる」

「はい」

桃香の口調はビジネスモードに戻っている。

「私、海外事業部に配属されるほどの経歴ではないと思いますが」

「語学力を買って、海外事業部のサポートとして働いてもらうことになった、ということで」

「そこで臼杵さんに近づくんですか？」

「ああ。フランス語ができないのに新しい取引先となると、翻訳だけでも大変だろうしな」

幸い、半期の仮決算が終わったばかりだ。臼杵に新しい取引先を与えるのも、不自然なタイミングではない。

「取引先とのやり取りは、異動したばかりの私が見ても問題ない、といえるものですか？」

「海外事業部は俺の担当だ。問題ない」

そこは幸いだ。これが海外事業部ではなく国内事業部だったら、常務の萩間氏に協力を願うしかなかった。

「どう接近するかは、臼杵の態度を見ながら臨機応変に頼む」

「わかりました」

「何か危険を感じたら、すぐに逃げなさい」

俺の言葉に、桃香は頷きながら問い返してきた。

「臼杵さんと二人きりになるのは危険ですか？」

「……誘惑という意味だと危険だろう」

「私にそれだけの魅力はないかと。……あ」

「どうした？」

「臼杵さんじゃなく、海外事業部の他の人と親しくなってもいいんですよね？　インサイダー取引している、という噂が流れているくらいですし」

「そう……だな」

俺は同意して、少し思案した。まず興信所に臼杵の調査を依頼して、身辺を探る。同時に、職場の同僚たちからの噂を集め、分析すればそれなりの証拠になるだろう。

「臼杵本人は口を割らない可能性が高い。状況証拠を集めて――半期決算報告までには終わらせたい」

「わかりました。私は事後の対応が迅速になるよう下準備しておきます」

月足の言葉に頷いた俺は、桃香に頭を下げた。

「すまない。君にこんなことはさせたくないんだが」

「何とかやってみせます」

桃香が臼杵の好みのタイプだというなら、あちらから接触してくる可能性はある。それでなくても、取引先とのやり取りの翻訳で接点は持とうとするはずだ。

社内に巣食う身中の虫を炙り出す為とはいえ、桃香の女性としての魅力を利用することに罪悪感と苛立ちが募る。が、それは桃香の方こそ思っているはずだ。

「無理はしないでくれ」

俺がそう頼むと、桃香は微かに笑って頷いた。その笑顔に安心しつつ、彼女のメンタルケアは怠るまいと誓った。

7．私たちの共同作業

楓さんと月足課長との打ち合わせが終わり、明日にでも臨時の異動告知を出すことになった。楓さんの妻である私だけだと警戒されかねないので、語学堪能な菅沼さんも営業補佐として一緒に異動する。私は、第二秘書室で今後について考えていた。

臼杵さんの情報を集める。つまり、私は海外事業部の人たちとできるだけ早急に親しくならなくてはいけない。

こういう時に参考になるのは、姉だ。おっとりしている姉は、周りの人たちに敵愾心（てきがいしん）を持たれにくい。他に気をつけていることはあるだろうか。

――離婚の話を出されてから接触を断っていた姉に、メッセージを送る。

『久しぶり。異動することになったから、新しい職場に打ち解けるコツがあったら教えて』

そんな一方的な内容に、姉はすぐに返信をくれた。

『今日の夜、電話するね』

了解のスタンプを送り、私は異動の準備をする。異動といっても一時的なものだし、パソコンやタブレットは会社の支給品なのでこのまま置いていくので、すぐに終わった。

帰宅した後、姉と電話してきちんと和解し、他人と打ち解けるコツ——とにかく笑顔と挨拶だと基本的なアドバイスを受けた私は、翌日、いつものように出社した。告示された異動は、来週からの日付になっている。海外事業部では、昨日楓さんからの指示を受けて、高津部長から臼杵さんに新しい取引先が打診されているはず。

私は、今日は菅沼さんとランチだ。ちなみに菅沼さんは事情を知らない。本当に、海外事業部の翻訳手伝いだと思っている。

「急な異動よね」

「そうですね。私、先日歓迎会してもらったばかりなのに」

「気にしない、気にしない。半年か一年で戻る予定だって聞いてるわよ」

「その頃には、語学が得意な新人や中途採用者が入るようにするとは聞きました」

そういう設定である。

私の言葉に、菅沼さんは見た目を裏切るガッツリ系のカツカレーを頬張って頷いた。うーん、スーツを汚したら困るから、私はまだカレーは無理かな。

そんな私の前にあるのはグラタンセットだ。海老グラタンとバゲット、それにミニサラダがセットで三百円。社食だからかもしれないけど、破格に安い。

「一ノ瀬さんが異動なんて、専務は心配そうだけど」

「そうですか？」

「歓迎会の後に念押しされたもの。飲みに誘うのはいいが、あんまり飲ませるなって」

「あの日は、ちょっと絡まれたので」

「そうだったわね。ホテルの中だからヘンな人はいないだろうって思っちゃってた。ごめんなさい、やっぱり私が付いていればよかった」

反省モードになった菅沼さんに、私は慌てて首を横に振った。宮本さんと会うなんて想定外だったし、菅沼さんたちは悪くない。

「大丈夫です。楓さ……専務が対応してくれましたから」

「ああ、それで……あれは、二度と飲ませすぎるなって警告だったのね……」

納得したように頷いて、菅沼さんはカツカレーを平らげて立ち上がった。まさかおかわりに行くのだろうか。

内心で戦慄した私に応えるように、菅沼さんはカレーをおかわりしてきた。さすがにカツはやめたらしい。

「じゃあ、海外事業部への異動、私はお目付役かもね。一ノ瀬さんにヘンな虫がつかないように」

「そこまで公私混同はしないと思います」

むしろ私は、海外事業部の皆さまとは積極的に交流しなくてはならない。

「あっちは男性が多いしね。よし、お姉さんに任せなさい。盾くらいにはなってあげる」

「あまり盾になられると、私、海外事業部に馴染めなくなります」

それはそれで困ると笑ったら、菅沼さんも笑った。

「わかった、程々にしとく。その代わり、困ったことがあったらすぐに相談してね」

「はい」

菅沼さんの気遣いに感謝しながら、私は冷めてきたグラタンに舌鼓を打った。

そうやって日々を過ごして、異動当日。私は最上階の役員フロアではなく、二十八階の海外事業部の女子更衣室に入った。秘書だった時のようにスーツではないので、白いブラウスにペールブルーのジャケット、ネイビーのスカートというオフィスカジュアルだ。

『一ノ瀬』と刻印されたロッカーにバッグを入れ、お財布とスマホだけをポケットに、今日からの勤務地に急いだ。

「おはようございます」

笑顔を心がけながら挨拶してオフィスに入ると、先に来ていた菅沼さんと目が合う。隣にいるのは高津部長だ。

「遅くなりました」

「いや、大丈夫。ここは海外とのやり取りが多いから、勤務時間は自由裁量制でね。まだ出社していない社員もいるが、紹介しておこうか」

四十代後半くらいの高津部長は、その年代の人にしては背は高く体は引き締まっている。楓さんによると、趣味はゴルフではなく野球らしい。

「皆、ちょっとこっちを」

部内に響く太い声を張り上げ、高津部長が注目を集める。

「こちら、秘書課から営業補佐として異動してくれた菅沼さんと一ノ瀬さんだ。菅沼さんは英語とオランダ語、ドイツ語。一ノ瀬さんは英語とフランス語が堪能だ。先日渡した新しい取引先の国の言葉を習得できていない者は、翻訳をお願いするように」

はい、と社員たちが頷く。私と菅沼さんもそれぞれ自己紹介して、与えられたデスクに座った。

私たちのデスクは、部内を見渡せる場所にある。社員が仕事を頼みやすく、且つ手が空いているかどうかわかりやすい位置だ。

デスクに落ち着いた途端、何人かがタブレットを持って私に話しかけてきた。フランス語圏の国との取引について訳してほしいものや、自分の訳が間違っていないかダブルチェックしてほしいという内容だった。ちらっと見たら、菅沼さんのところにも列ができている。

翻訳の期日を聞いてメールや書類を転送してもらっていると、四人目にターゲットが来た。

「初めまして。EU担当の臼杵佳央(よしひさ)です」

背の高い、整った顔立ちの男性だった。楓さんより少し年上かな。

「一ノ瀬です。すみません、まだ名刺ができていないので所属が秘書課のままですけど、アドレスは同じですから」

名刺を交換した私は、臼杵さんの言葉を待つ。臼杵さんは私の前にタブレットを置き、メール画面を開いた。

「僕はこれを確認してもらいたいんです。取引先への挨拶と見積もりなんですが。あちらからのメールは何とか翻訳して、返信を作ったんですが……自動翻訳なので、どこまで訳せたかわからなくて」

「先方からのメールも確認しましょうか？　齟齬があるといけませんし」

「いいんですか？　じゃ、そっちもお願いします」

「わかりました。私のアドレスに送っておいてください。急ぎますか？」

「できたら、今日の午後には……」

申し訳なさそうに言う臼杵さんの視線が、私の首から胸のラインを見ていることは気にしないようにした。私に興味を持ったなら、好意的に思われるべく振る舞うだけだ。気持ち悪いけど。

「では、今日の三時までにお返しできるようにしますね」

私は臼杵さんからもらった名刺の裏に「急：今日の三時」と書いた。それを見てほっとしたらしく、臼杵さんは頭を下げながら自分のデスクに戻っていく。

その後は一人だけだったので、依頼された内容を急ぐ順に並べ替えて整理し、訳し始めた。

翻訳が一区切りついたところで、最初の締切――できるだけ急ぎでと言っていた営業さんに、原本とフランス語訳を送信する。綴りの自動チェックはあるけれど、間違ってはいけないので神経を使う。

それから、次に締切が早い臼杵さんからのメールを読んだ。先方からのメールは、新しい取引を歓迎していることと、できるだけ早くオンラインで打ち合わせしたいとのことだ。それに対する臼杵さんの返信は、謝辞と今後への意気込み、そしてフランス語ができないのでメールで打ち合わせたいというもの。

企業を見ると、もちろんフランス企業だ。イギリスやアメリカに支社がある会社ではない。私は少し思案して、臼杵さんのデスクに行った。

「臼杵さん」

「あ、一ノ瀬さん。もうできたんですか？」

「いえ、訳す前に目を通しただけです。ちょっと気になったので」

「やっぱり間違ってました？　僕、フランス語は大学でも取ってなくて」

「自動翻訳は優秀でした。概ね合っていると思います。ただ、オンラインの打ち合わせをメールにしたい、というのがあまりよくないかと」

「え」

「フランス語ができないので、英語でいいでしょうかと相談した方がいいと思います。フランスは個人主義の国ですから、臼杵さんがフランス語を不得意でも問題ないでしょうけど、オンライン通話を申し出たのにメールでと言われると、あちらの心証が悪くなる可能性もあります」

私の説明に、臼杵さんは口を開けて——参ったなと呟いた。

「英語でというのは、逆に怒らせるかなと思ったんです。フランス人は、英語嫌いで英語は無視するって聞いたことがあるから」

「そんなことが言われた時代もありましたが、英語が母国語ではない人に、そういう意地悪はしませんよ。私が留学していた時も、英語で話しかけたら英語で返してくれましたし」

フランス語しかできない人以外は、英語でも対応してくれた。私はフランス語を勉強したかったから、基本的には拙いフランス語で生活していたけど、どうしても間違ってはいけない内容は英語も併用した。

「そこだけ直して、三時までに訳します。出来次第、臼杵さんのアドレスに送りますね」

私が意識的に微笑むと、臼杵さんは笑顔で頷いた。今のところ、私の印象はいいみたい。

私はデスクに戻り、翻訳の続きに集中した。

仕事を定時で終えて帰宅して、楓さんと月足課長に臼杵さんとの接触成功を報告する。そして夕飯の支度だ。今日はハウスキーパーさんが入ってくれたから、お風呂の掃除はしなくていい。お湯だけ張っておく。

今日はブリのアラと切り身が安かったので、ブリ大根にしよう。それに豆もやしの浅漬け、かぼちゃと秋野菜のお味噌汁。……お肉もいるかな。楓さんに文句を言われたことはないけど、食事の好みは乖離していないと思いたい。

ブリの下処理をしている間に大根を茹でて、味つけして煮込む。浅漬けを作って冷蔵庫で冷やしておいて、お味噌汁用にかぼちゃ、玉葱、人参を刻んだ。後はお味噌を溶くだけになった時、楓さんが帰ってきた。

「お帰りなさい」

玄関で出迎えると、少し怒ったような顔をしている。でもこれは、怒ってるんじゃなくて心配している顔だと、最近わかってきた。

「お夕飯、もうすぐできるから。先にお風呂にしてくれると助かるんだけど」

「わかった――桃香」

「はい？」

「……大丈夫だったか？」

「初日だから、愛想は振りまいた。仕事を頼まれたから、接点はできたし。――それは後で話すから、先にお風呂に入って」

私は楓さんの体をぐいぐいとパウダールームに押し込んだ。その前に鞄は回収してある。

勝手に部屋に入るのは憚られるので、ダイニングの椅子に鞄を置き、料理を並べた。お味噌汁を仕上げた頃に、楓さんが濡れた髪のままバスルームから出てきた。

「ちゃんと髪、乾かして」

私がエプロンを外しながらそう言うと、楓さんは適当に髪を拭いている。綺麗な髪なのに、もったいない。でも、私が拭いてあげるには背が届かない。

「ブリ大根か」

「嫌い？」

「わりと好物」

そう言って、楓さんは冷蔵庫からミネラルウォーターを取り出し、二人分のグラスに注いでくれる。

「他に手伝うことは？」

「ご飯をよそってくれると嬉しい。私のは、少なめでいい」

「わかった」

そうして完成した夕飯を向かい合って食べながら、私は今日の出来事を楓さんに説明した。

「……そういうわけで、翻訳以外のアドバイスもしたからかな、お礼が丁寧だった」

「君があいつの好みだからじゃないのか」

「それならやりやすくなるかなあ」

「……」

不本意だという顔で、楓さんはブリ大根を綺麗に食べている。お口に合ったらしく、箸の進みは淀みない。

「楓さん」

「何だ？」

「危なくなる前に頼るから、そんなに心配しないで」

「……妻にハニー・トラップを仕掛けさせる不甲斐なさが情けないだけだ」

「私にできるのは、インサイダー取引の証拠なり何なりを探すことまで。それを解決するのは楓さん」

私が言うと、楓さんは深く溜息をついた。

「だから、気にしないで」

「……努力する」

結局、楓さんは心配性で――パソコンで社内にある監視カメラの位置を呼び出し、その死角になる場所を私に徹底的に叩き込んだ。そこには絶対に近づくなと言いながら。

それにしても、社内監視カメラの数、引くほどすごかった。役員フロアには防犯カメラはあっても、監視カメラはなかったので、私も気をつけようと思う。


――異動して一週間。我ながらそつなく仕事をこなしてはいるものの、噂話を聞けるほど親しい社員はまだいない。そんな中、海外事業部の女性陣から女子会に誘われたのでありがたくお受けする。菅沼さんは都合がつかないということで、次回参加を約束し――私に「飲み過ぎないでね」と念押ししていった。

楓さんに「女子会が入りました。親睦の為参加します」と送信。既読がついたのを確認して、スマホをバッグに入れた。

まだ名前と顔が一致しない人たちに囲まれ、お洒落な洋風居酒屋に入る。予約してあったらしく、奥の個室に通された。総勢十人ほどだけど、女性ばかりだからか、案内される間も男性客の視線が集中していた。

「一ノ瀬さん、飲めるクチですか？」

「そこそこ。でも、飲み過ぎるなって夫に止められてますから、今日は一杯だけにします」

「旦那さまって、一ノ瀬専務ですよね⁉」

私と同世代くらいの女性二人が、きゃあっとはしゃいだ声を上げる。気持ちはわかる。楓さんは格好いいし綺麗だし、スタイルもいい。絵に描いたような御曹司だ。

「どうやって知り合ったんですか？　すごいスピード婚だったって聞いてますけど！」

「普通にお見合いです。意気投合したから、すぐに結婚ってなっただけで」

嘘ではない。契約で結婚することに意気投合したのは事実だ。

「ほら、二人とも。そういう話は注文を済ませてからにして。一ノ瀬さん、何にします？」

「梅酒のソーダ割を」

「あ、私も同じで」

私も、と何人かが私と同じ梅酒のソーダ割を選び、残る人たちはまずはビールにしたらしい。お通しのそらまめのフリットを食べていたら、両脇をさっきの女性たちに囲まれた。

「私、営業の栗田(くりた)です。今年から一人前扱いになりました。三年目です」

「私は営業事務の堂本(どうもと)です。五年目です」

「一ノ瀬です。私は……一年目？　社会人としては、栗田さんと同じ三年目です」

軽く頭を下げた時、お酒が運ばれてきた。それぞれグラスを手に取り、乾杯を告げる。今日は別に歓迎会というわけではなく、定期的な親睦会らしい。

私の相手は栗田さんと堂本さんが担当してくれるみたいで、お勧めの料理を取り分けてもらう。豆腐ステーキに平目のカルパッチョ、野菜のキッシュ。じゃがいもと海老のペペロンチーノ、それからローストポーク。どれもおいしい。

「一ノ瀬さんは、何ヶ国語話せるんですか？」

「英語とフランス語、スペイン語なので一応三ヶ国語です。でもスペイン語は日常会話を何とかできる程度だから、ビジネスにはまだまだです」

栗田さんが「すごい」と感嘆してくれる。

「私は英語とドイツ語だけなんです。でも将来のことを考えたら、インド……ヒンディー語を勉強したくって。社内留学制度に申し込むつもりです」

貪欲に知識を求める栗田さんの方がすごいと思う。私は、豆腐ステーキを切り分けて口にした。出汁とかつおぶし、それからお醤油の味が上品に広がる。

「二人ともすごいなあ。私は英語だけ」

堂本さんが肩を落とし、私に問いかけた。

「やっぱり、フランス語って難しいですか？」

「読み書きだけなら、そんなに難しくないと思います。発音は私も苦労しましたけど」

「発音」

「鼻に抜けるっていうのかな、あれがネイティヴの人との差だなって思いました」

「堂本さん、ドイツ語はドイツ語で面倒ですよー」

栗田さんが笑い、堂本さんは「どっちにしようかな」と悩んでいる。私は選択の余地なくフランス語を学んだから、仕事に必要という視野はなかった。スペイン語、もっと勉強しよう。

「でもさ、フランス語ができると臼杵さんに頼られちゃうじゃない？」

堂本さんの言葉に、私は動揺を顔に出さないよう注意しながら梅酒を飲んだ。芳醇な味わいで、すっきりしている。

「臼杵さん……ああ、異動した日にお話ししました」

何か問題なんですか？と首を傾げてみせたら、栗田さんと堂本さんは目を合わせ――私に身を寄せて声を潜めた。

「ここだけの話、ヤバいことしてるって有名です」

「だから、一ノ瀬さんも仕事以外では近づかない方がいいですよ」

「危ないこと」

私の呟きに、二人は同時に頷いた。表情は真剣そのものだ。

「何か、内部情報使って株に投資して稼いでるみたいで。勤務時間中も相場見たり売買してるし」

「内部告発してもいいんだけど、それしちゃったらうちの株価に影響ある？と思うと踏み切れないんですよね」

「証拠があるなら、私が夫に伝えますけど」

そう言ってみると、二人は首を横に振った。手も「ないない」と動いている。

「昔みたいにパソコンからしかできないなら、履歴も残るでしょうけど。今はスマホで投資できるじゃないですか」

「だから、臼杵さんのスマホを押収しない限り無理ですよ」

栗田さんと堂本さんの言葉に、私は仕方ないという雰囲気で頷いた。実際仕方ないんだけど、悔しさが勝つ。

「スマホを手放す人はいませんね」

「そうなんです。だからやりたい放題で」

「見た目はそれなりにいいから、狙ってる同期もいて……慌てて止めましたよ。犯罪者になるかもしれない男なんて、付き合うだけ無駄です」

栗田さんが言い、私はグラスを傾けながら探ってみた。

「そんなこと、異動したばかりの私に話して大丈夫なんですか？」

「大丈夫です。部内の皆、殆ど全員が知ってますもん。高津部長が気づかないのが不思議なんですよね」

「まあ、あれだけ堂々とやってたら、逆に気づかないかもね」

栗田さんの疑問に堂本さんが答え、私は納得した顔を作る。臼杵さんのインサイダー取引は、相当知れ渡っている。早く手を打たないと、証券等取引委員会の調査も時間の問題じゃないだろうか。

「証拠があればいいのに」

私が漏らした本心に、栗田さんと堂本さんはまた顔を見合わせて――更に私に密着してきた。

「……一ノ瀬さんが本気なら、協力しますけど」

「え？」

「私も堂本さんも、臼杵さんがメンターで……でも、ちゃんと面倒見てもらえなかったんですよ。

インサイダー取引に忙しいから」

「そんな」

新卒の社員の指導役が、それを放置して不正取引に熱を上げてるなんて。楓さんが知ったら激怒する話だと思う。

「堂本さんと私、二人続けてメンターへの不満を訴えたから、もう新人を任せることはないと思うんですが」

「代わりに、自分の『仕事』だけに集中できるようになって、あの人には全然痛手じゃないんですよね。会社からの評価が下がっても、その分『副業』で稼げばいいんだから」

「……それは困りますね」

私が同意すると、二人は得たりと力強く首肯した。よほど不満があるらしい。

「そういうのって不満なわけです、真面目に働いてる私たちとしては。だから一ノ瀬さんが本気であの人を何とかしようって思ってくれるなら、協力します」

「……夫に相談してからでかまいませんか？　会社の名前も出るかもしれないから、私の一存で即答できないんです」

「はい」

「専務に話が通ってる方が、私たちも安心です」

そうやって三人でひそひそと話し込んでいたら、他の参加者たちからブーイングが起こった。

「そこ！　三人でくっついてないで、皆と話しましょうよ」

「一ノ瀬さん、今日来たメールの翻訳、明日お願いしたいですー」

私たち三人は慌てて笑顔を取り繕い、そっと連絡先を交換した。


その日から、私と栗田さん、堂本さんの連携が始まった。様子を見るに、臼杵さんは私と菅沼さんの異動直後は控えていた業務時間中の投資を再開したらしい。証拠を押さえるか自白させるか、二つに一つだ。

スマホ本体を手に入れるのは無理だろうし、不正ログインになったらこっちが犯罪者だ。自白してもらうのが一番手っ取り早い。だけど、どうすれば自白に持ち込めるだろう。私は悩みながら翻訳の仕事をこなしていた。臼杵さんからは、ほぼ毎日翻訳の依頼が来て、その度に距離感を詰められている気がする。

そんなある日、栗田さんが契約書の翻訳を持ってきた。同時にそっと渡されたメモに『あの人、一ノ瀬さんを狙ってるって公言してるみたいです。退職を視野に入れてるのかも』とあった。

私を狙う、つまり次期社長でもある専務の妻に誘いをかけるつもりなら、この会社での将来を棒に振る覚悟が必要なはず。転職して逃げられる前に、こちらから仕掛けなくてはならないかもしれない。

私は、月足課長を昼食に誘って以前からの計画を実行することにした。同時に、栗田さんと堂本さんに、臼杵さんと昼食を摂ってもらうようにお願いしておく。

社食に行き、観葉植物近くの四人掛けのテーブルに座り、日替わり定食を注文した。このパキラの植込みの裏側に、臼杵さんたちが座っているはずだ。

「今日はどうしました、一ノ瀬さん」

お箸を綺麗に持って、月足課長が問いかけてくる。私は声を抑えて——でも臼杵さんたちには聞こえる程度の音量を心がけて口を開いた。

「鏑木さんから、またお誘いの連絡があって。楓さんに言ったら不機嫌になるから、相談もできないんです」

「またですか。懲りない方ですねえ」

そう言って、月足課長は私のスマホを見る。

「今週の金曜日、夜八時。新宿のグラン・ヴァニーユで待っています、ときましたか……もうお返事はしましたか？」

「いいえ。既読スルーで察してもらえないかなと思ってます」

「それが通じる相手ではなさそうですよ。何度目ですか、こういうお誘いは」

初めてである。しかも鏑木さんに協力を乞うての芝居だ。だけどそれを悟られないよう、私は困惑した声を作った。

「上手くお断りできなくてすみません」

「一ノ瀬さんの責任じゃありませんよ。その日は、確か専務は関西に出張です。——いっそ、直接お会いしてお断りしては？」

「でも」

私が躊躇ってみせると、月足課長は親身になっている振りをした。

「鏑木氏の機嫌を損ねると面倒ですが、専務の機嫌を損ねるのはもっと面倒です。あれでなかなか嫉妬深いですから」

「……そうですね。楓さんが出張なら、鉢合わせたりはしないでしょうし」

うん、と自分に言い聞かせている演技をして、私は月足課長に頭を下げた。

「すみません、異動したのに、こんなプライベートな相談をして」

「大丈夫です。一ノ瀬さんと鏑木氏が親しくなることは、絶対に避けろと厳命されてますからね」

「楓さんには内緒にしてください。疚しいことはないんですけど……」

「わかってます。言いませんよ」

安心させるような月足課長の声に、私がほっと一息つくと、月足課長が指でテーブルをトントンと軽く叩いた。——演技は問題ないという合図だ。

「それでは、また。何かあったら連絡してくださいね」

「はい」

私たちが食事を終え、空になった食器を返却口に戻していると、栗田さんと堂本さんが近づいてきた。

「一ノ瀬さん、一緒に戻りましょうよー」

「はい」

栗田さんの明るい声に頷いた私に、堂本さんがにこにこ笑いながら親指をグッと立てる。成功したらしい。

――私たちの計画は大雑把なものだ。

鏑木さんの連れの女性を口説こうとしたり、お金のアピールをしたり……臼杵さんは、鏑木さんに対抗意識があるんじゃないか。それなら、鏑木さんが「口説きたがっている」一ノ瀬桃香に関心を持ってもおかしくない。元々、それを計算して私は異動したんだし。

その対抗心を上手く利用して、資金源を聞き出すという計画だ。成功するかはわからない。だけど臼杵さんが転職を視野に入れているなら、ついでに私を口説きたいと公言しているなら、そこそこ成功率はあると思う。

楓さんはものすごく反対したけど、虎穴に入らずんば虎子を得ずである。私はそう主張して説得し、何とか了承をもぎ取った。直後に鏑木さんに協力を依頼して――見返りは共同事業の株式配分を少し見直すことだった――今日行動に移したのだ。

私たちはカフェスペースに寄って食後のコーヒーを楽しみ、海外事業部に戻る。臼杵さんの粘着質な視線が纏わりつく感じがしたので、金曜日、彼は鏑木さんと私が会うバーに来るつもりだろう。

――ここまでは成功。後は当日、何とかやり遂げるしかない。

私は軽く両の頬を叩き、午後からの仕事に集中した。

金曜日。終業後、私は更衣室で着替えた。普段ならバッグを取り出したらそのまま帰るけど、今日はそういうわけにはいかない。黒いベルベットのワンピースに、真珠を散らしたカーディガンを羽織る。秋物の白いコートを着て、メイクを少し華やかなものに変えたら完成だ。

グラン・ヴァニーユに行く前に、手近な店で夕食を摂った。お一人さまなので、好きに食べられる——はずが、緊張から、結構な量を残してしまった。今も、きゅうっと胃が痛む。

指定されたバーが入っているビルまでタクシーで移動した時、私は計画の成功を確信した。会社と同じグレーのスーツを着た臼杵さんが、ビルのエントランスに立っている。

「一ノ瀬さん」

私はタクシーから降りて、初めて気づいたように振り返った。

「臼杵さん？」

「綺麗ですね。専務とデートですか？」

「いえ。気は進まないんですけど、会わざるを得ないお相手で」

私が苦笑すると、臼杵さんは納得した顔で頷いた。お互い演技だとわかっている私から見ると、実に空々しい態度である。

「取引先とか……ですか？」

「そんな感じです。……では」

失礼しますと通り抜けようとした私の手を、臼杵さんが掴んだ。反射的に走った生理的嫌悪感を顔に出さないように努めて、びっくりした表情を作る。

「あの……？」

「気が進まない相手と二人きりって嫌でしょう？　僕が護衛しますよ」

「でも」

「それに、相手——男性ですよね？　二人きりになるのは、専務の奥さまとしてよくないと思います」

なら、この手を離してほしいものだ。私は思案する風を装いながら、さりげなく彼の腕から手を引き抜いた。

「社食で聞こえちゃったんですよ。奥寺グループの鏑木さんに言い寄られてるって」

「……」

黙って俯いた私に、臼杵さんが満足そうな笑みを浮かべたのが見えた。

「はっきり断っていいんですよ、一ノ瀬さんは既婚者なんですから。僕がお供します」

「……夫には、知られたくないんです」

「大丈夫です。僕は専務とは繋がりがありませんから」

請け合うように言う臼杵さんに、私は逡巡しながら頷いた。

「では、同席をお願いします。……すみません、ご迷惑をかけて」

「一ノ瀬さんにはいつも世話になってますから。これくらいはお安い御用です」

そうして、私達は連れ立ってグラン・ヴァニーユに入った。

落ち着いた内装と静かな音楽が流れる店内に、人はまばらだった。まだ八時、夜はこれからなのかもしれない。

「失礼ですが、会員でない方は」

「待ち合わせです。鏑木さんに、一ノ瀬が来たとお伝えください」

声をかけてきたウェイターにそう告げると、流れるような動きで店内の奥に入っていく。しばらくして戻ってきたウェイターが、軽く頭を下げた。

「ご案内いたします」

床は黒大理石、壁は漆塗りに沈金を施し、合間に間接照明がやわらかな光を放っている。大きなドアを開けた先に、新宿の夜景が見下ろせるガラス窓が飛び込んでくる。

その部屋のソファに、鏑木さんが座っていた。私の前に立つ臼杵さんを見て、ちょっと目を瞠（みは）った。

ウェイターが退室し、広い部屋に三人だけになる。私はバッグを持ち替えたタイミングで、中に忍ばせたボイスレコーダーのスイッチをそっと押した。

「僕は一ノ瀬さんを誘ったんだけどな」

鏑木さんがそう言いながら、二人分のグラスを取ると、ドン・ペリニョン・ヴィンテージのプレニチュード2を注ぐ。澄んだ金の液体の中、蜜色の気泡が弾けていた。

「どうして臼杵くんが？」

「前にも言いました。夫の許可なく、人目につかないところで二人きりになりたくないと」

「そうだったかな」

椅子を勧められ、私は一人掛けのソファに座った。臼杵さんは、そのソファとは直角に位置する二人掛けのソファを選ぶ。私たちの前に、鏑木さんがシャンパングラスを置いた時、私は戸惑った口調を心がけて言葉を発した。

「こういうお誘いは困るんです」

「割り切った大人の遊びでも？」

「それほど人生経験を積んでいませんし」

私と鏑木さんはグラスに口をつけた。その時、臼杵さんが口を開く。

「見苦しいですよ、鏑木さん。一ノ瀬さんはあなたに興味がないんですから」

「僕の連れを口説こうとした方が、よほど見苦しいと思うけどね」

「……っ、今は、僕は一ノ瀬さんの付き添いですから！」

そう言った臼杵さんを、鏑木さんが煽るように笑った。

「付き添い、ね。そのくらいが君には似合いではある」

「どういう意味ですか」

「いくら金を作っても、自分が属する場所――ステータスは変えられないんだよ」

ドンペリを飲み干した鏑木さんは、嘲笑を浮かべたままコニャック――ボルベリ・トレヴィエイユのボトルを開けてグラスに注いだ。釣られたのか、臼杵さんもドンペリを呷る。

「それを引っくり返すには、一億十億の金じゃ足りない。一千億とは言わないが、せめて百億はないとね」

「……そのくらい……っ」

「稼げる？　どうやって？　君は一ノ瀬商事の一社員に過ぎないのに？　名の知れた投資家はその

くらい稼ぐのは事実だが、君はその道のプロでも天才でもない」

淡々と言いながら、トレヴィエイユを飲む鏑木さんは、私から見ても呆れるくらいふてぶてしい態度だ。まして、臼杵さんには何倍も腹立たしく映るだろう。

「それとも、真っ当じゃない取引でまた稼ぐつもりか？　百億以上の金を？　委員会だって、その規模の金の動きは見過ごさないぞ」

「そんなもの、僕の取引なら……情報さえ使えばいくらだって稼げる！　今までできたんだから、これからだって！」

『吐いた。――録音はできてるか、一ノ瀬さん』

フランス語で問われ、私はバッグの中のボイスレコーダーを確認した。きちんと録音ランプが点灯したままだ。それを見て、録音スイッチを切る。

『できてます』

『それはよかった。僕の役目はここで終わりだね。なかなか楽しかった』

「……何を話してる？」

「だから言ったじゃないか。君と僕じゃ、生まれついたステータスが違うと。一ノ瀬さんは努力してここまで来たが、君の努力は――犯罪だな。自白をありがとう」

「……っ、嵌(は)めやがったのか！」

いきなり怒気を爆発させ、臼杵さんが私に――正確にはバッグに飛びかかろうとした時。

隣室に通じるドアが開いて、楓さんが現れた。そのまま素早い動きで臼杵さんの足を払い、転倒させて押さえつける。

「——俺も、目の前で妻が暴力を振るわれるのを見過ごす気はない」

「おいしいところを持っていくね、一ノ瀬くん」

「あなたの協力あってこそだ。礼を言う」

「ついでに、君の行動は正当防衛だと証言してあげるよ」

だからもっと押さえた方がいいよとアドバイスしながら、鏑木さんはグラスを空にした。

楓さんが臼杵さんの腕を捻り上げ、更に押さえ込む。臼杵さんの口からは呻き声と怨嗟の言葉が漏れていたので、ボイスレコーダーの録音を切っておいてよかったと思う。

そして、楓さんを振り返る。楓さんは、私の視線に小さく頷いた。

「犯罪行為を犯した者は、即時解雇もあり得る。取締役の権限で、今ここで処分とする。——海外事業部国際金融課EU担当、臼杵佳央。インサイダー取引を自白した為、懲戒解雇だ」

「な……っ」

「罪を認めるなら、株価への影響による損害賠償請求は見逃してやってもいい」

「……ち、くしょう！」

吐き捨てて、臼杵さんは楓さんに捻り上げられた腕を軋ませた。

「認めますよ！　自首します！　警察でも何でも呼べばいい！」

「不正に得た利益は、課徴金に充てるんだな」

そう言って臼杵さんを押さえつけたまま、楓さんは私に警察を呼ぶように言った。

「ここで警察入れちゃうんだ？　週明けのワイドショーで取り上げられるよ？」

「かまわない。それくらいで揺らぐ会社なら、そこからやり直しだ」

「まあ、うちも一ノ瀬が揺れるのは困るな。メディアは押さえるけど、ＳＮＳは無理だよ」

「仕方ない。隠しきれることでもないし、隠した方が問題だ」

「違いない」

　そんな二人のやり取りを聞きながら、私は内線をかけた。電話に出た店員さんに、丁寧にお願いする。

「すみません。店外で待っているＳＰたちを入室させてください」

　楓さんに付いているＳＰの皆さまに臼杵さんの身柄を預け、拘束してもらった。この後は月足課長が準備してくれた通りに動くだろう。

　私は、ほっとして――かくんと脚から力が抜けた。ソファにへたり込むと、楓さんが私を抱き上げる。

「あの、ちょっと休んだら大丈夫だから」

「俺が大丈夫じゃないからな。――鏑木さん、礼はまた改めて」

「そうやって見せつけた挙げ句、ここの支払いも僕に押しつけるのはよくないと思うよ」

　笑う鏑木さんに見送られ――店員さんにも見守られながら、私は衆目の中でお姫さま抱っこされるという羞恥を、再び味わった。

それから一ヶ月ほどは、一ノ瀬商事社員の不祥事に、経済界には小さなざわめきがあった。大騒動にならなかったのは、楓さんと月足課長の下準備、それに会長が自ら謝罪会見を開いて事態の終息を図ったからだろう。

私と菅沼さんはまた秘書課に異動になり、栗田さん、堂本さんによると「抜き打ち監査に来たらしい」という噂が立っているという。事実だから放置した。

何とか半期決算の公表には間に合い、下半期も予想ではそれほどのダメージはなさそうだと楓さんに聞いて、安心した。

——そして、今日。十二月の、寒い土曜日。

私は、楓さんの実家を訪ねている。

言葉にならないほど広い敷地に、居住する邸宅、ゲストハウス、お手伝いさん用の建物が配置されている一ノ瀬家のメイン応接室で、私は結婚後初めて、お義父(とう)さまとお義母(かあ)さまにお会いした。

楓さんと並んで座った革のワイドソファは、二人分の重みを物ともしない。

「今回のこと、桃香さんも協力してくれたそうだね」

「協力というより、鏑木氏と桃香がメイン戦力だ。俺は殆(ほとん)ど裏方だったから」

出された紅茶を飲みながら、楓さんが訂正した。お義父(とう)さまの隣で、お義母(かあ)さまが眉を寄せた。

「楓。あなた、桃香さんにそんな危険なことをさせたの？」

「俺も不本意だけど、仕方ない。俺相手じゃ警戒されただけだ」

「桂子(けいこ)。適材適所というものがある」

楓さんとお義父さまの言葉を無視して、お義母さまは私に視線を向けた。

「桃香さん」

「はい」

「このとおり、配慮も何もない人たちだから。嫌なことはしなくてよろしいのよ？」

「私も……会社の為に何かしたいと思って、自分から言ったことですから」

私がそう言うと、お義母さまはまあ、と目を瞬かせた。

「会社の為に働くのは、楓に任せておけばよろしいのに」

「母さんの古い考え方を桃香に押しつけないでくれ」

「それもそうね。離婚する時にお仕事があった方が、女性側も思いきれるものね」

紅茶に咽せそうになったけど、何とか耐えた。お義母さまは悪意はないらしく、言葉を続ける。

「でも、もうこんな危険な真似はなさらないでね。私が心配で倒れそう」

「はい。気をつけます」

「桃香さん」

お義父さまが、僅かに私に向き直った。そして、深く頭を下げる。

「ありがとう。今回のこと、大きなダメージになる前に対処できたのは、君のおかげだ」

「いえ、私は証拠を押さえることもできなくて……」

臼杵さんが逮捕された時、既に一ノ瀬商事社員ではなくなっていたけど、社名が出るのは押さえられなかった。そのことが申し訳ない。

「私はね、百のダメージになるはずだったものが、九十で抑えられたならいいと思っている。まして今回は五十に抑えられた。十分だ。社員がインサイダー取引した時点で、社名に傷がつくのは避けられないからね」

お義父(とう)さまは私に言い聞かせ、穏やかに微笑んだ。

「楓もまだまだ至らないところがある。君がそれを補ってくれるよう、願っているよ」

「はい」

そこは即答したら、楓さんが少し照れたようにそっぽを向いた。

「またいつでも遊びに来なさい。私がいなくても、桂子はいるから」

「ええ、是非いらして。楓に姑なんて鬱陶しいと言われたから、距離を取ったけれど……私の相手もしてほしいの」

「私でよければ、喜ん……」

「新婚期間中は、俺が最優先だ」

私の答えを遮った楓さんは、そのまま立ち上がった。

「今日は挨拶に来ただけだからな。帰る」

「泊まっていけばいいだろう」

「夕食の下準備を済ませてるから無理だし、そもそも泊まるつもりはない」

楓さんは一言で切り捨て、私の腕を取って立たせた。

「半年後にまた来る」

「もう少し親孝行しなさい」

「どうしてこんなに素っ気ない子になったのかしら」

呆れたように言うお義父(とう)さまとお義母(かあ)さまに見送られ、私たちは一ノ瀬家を後にした。

今日の夕食は、鶏肉を塩麹に漬け込んでソテーにする予定だ。だけど私たちが帰宅したのは、午後の三時にもならない時間。夕食には早すぎる。

「今からご飯の支度は早いよね……って、楓さん⁉」

冷蔵庫の中の鶏肉の様子を見ていた私は、後ろから抱きすくめられて悲鳴を上げた。

「な、何⁉」

「何、じゃない。――いい加減、焦らすのはやめてくれ」

「焦らす、って」

「夜、いくら誘っても君は頷かない」

「そ、れは……」

騒動の収束の為に楓さんが奔走していることは、秘書である私にはわかりきっている。だから夜はゆっくり休んでほしい。

「休んでほしくて」

「もう十分休んだ。むしろ君が足りなくて疲れる」

「えっと……あの、さすがにまた昼間からというのは……」

「わかってる。だから今夜は逃げるな」

私の髪に顔を埋めながら、楓さんが囁く。その声に宿った熱と艶に、胸が早鐘を打つ。

「……わかった」

私の答えに、楓さんは満足したように離れた。温もりが離れて寒いのか、この後への戸惑いなのか、私の体は小さく震えた。

その後、二人で掃除したり洗濯して、夕食を作って。

お風呂から出た時には、私の心臓はもう保たないくらいドクドクと脈打っていた。


楓さんの寝室で、キスを交わした。ベッドに座ったまま、ただキスを繰り返す。お風呂上がりのバスローブ姿の私たちは、どちらからともなく互いの着衣を乱した。

「ん……」

優しく触れては離れるキスに、物足りなさを感じる。食べられるような、深いキスが欲しい。私は楓さんの首筋に腕を絡め、抱き寄せた。

触れるだけのキスが深くなり、私はベッドの上に組み伏せられた。唇に、頬に、鼻先に、次々にキスが降ってくる。

「ぁ、ん……」

くすぐったくて身を捩ると、楓さんが深いキスをした。互いを食べるように舌を絡め、お互いの口内を舐め合った。粘膜を擦り合わせる行為は疑似セックスのようで、私の興奮を高める。

「んっ……、ん……」

熱い口蓋を舐めたら、私の口内を楓さんの舌が動き回る。触れられる度にぞくぞくして、私は楓さんに抱きついた腕に力を込めた。

濡れた音が響く寝室で、私たちは夢中でキスをした。唇が痛くなるくらいキスを重ねた頃、楓さんの指が私の首から肩をつうっと撫でた。微かに触れる感触が快感になるのに、時間はかからなかった。

「あ、っん……っ」

キスの合間に声が零れ、楓さんは私の耳を甘噛みしながら指を滑らせる。バスローブの帯が解かれ、隠していた胸が露わになった。

最近少し大きくなった胸を、楓さんの手が包む。下胸から持ち上げるように掴み、指全体を使って揉まれた。

「あ、っあ……ん、っ……！」

「相変わらず感度がいい」

含むように笑って、楓さんは私の耳を食べた。濡れた口内に包まれ、舌が耳全体を愛撫する。その快感に、私は逆らえない。

「ん、っあ、ぁん……っ」

「こんなに耳が弱くて、普段の生活は大丈夫なのか気になるな」

「や、ぁ……、それ、だめ……っ！」

耳を舐りながら喋られたら、不規則な舌の動きと呼吸にすらそそられる。私が全身を身悶えさせると、楓さんは楽しげに胸を揉んだ。

「もうこんなに硬くして。——触ってほしい？」

「ぁ、あ……っ……」

ゆるりと円を描くように乳輪を撫でられる。触れるだけの行為なのに、どうしてこんなに気持ちいいのか。

私が吐息を零すと同時に、楓さんは耳孔に舌を差し込んだ。

「っ、あ、や……っ、だめ……！」

ねっとりと舐められる感触に体が跳ね、楓さんの手の中の乳房も震えた。その弾みで、彼の手に乳首が擦れてしまう。予期しなかった快感に、体が仰け反った。

「あ……っぁん、あっ……」

「ここは？」

楓さんが耳から離れ、首と顎の境に口づけた。そんなところすら、優しくキスされると気持ちいい。

「ん……っ、あ……」

ごくりと息を呑み込むと、楓さんが宥めるように喉を撫でる。猫じゃないのに、と思うより先に快感が走った。

「……っあ、……ん……っ」

何とか声を抑えるけれど、快感に終わりは来ない。楓さんがもう一方の乳房に吸いつき、ちゅっと吸い上げる。それだけで、その先を期待するように体が反応した。

大きな手で胸をふにふにと揉まれ、もう片方はちゅぷちゅぷと舐められる。肌が熱くなってくるのが、自分でもわかる。

「本当に、俺の手に馴染む肌だ」

つうっと肌の上で楓さんの指が遊び、脇から腰のラインを辿っていく。お腹の奥から、何かが溢れてくる。

「も……楓、さ……っ」

「どうした？」

もどかしい、優しい愛撫に体が焦れてくる。こういう時、どうねだればいいのかわからない。

「ちゃんと……触って。全部、触って」

その指と舌で、愛されたい。

私がキスしたら、楓さんは満足した獣のような笑みを見せた。

「どこまで？」

「どこまで……？」

「俺は君の体は、ナカまで全部知ってる。君が見たこともないところでも」

「……っ」

「それを全部、触ってもいい？」

「……ん」

私の体で、楓さんが知らない場所なんてない。頷くと、楓さんは私からバスローブを剥ぎ取り、裸体にキスし始めた。

鎖骨、胸、お腹。二の腕、手首、手のひら、指。太腿からふくらはぎ、足首から爪先まで、余すところなくキスされる。

「全部、俺のものだ」

「ん、っあ……っ」

肩口にキスされ、そのまま唇と舌が腕を伝い降りていく。手首から先は、全部が性感帯になったように過敏に反応してしまう。

「気持ちいい？」

「ん、いい……」

ゆっくりと手のひらを撫でられた後、唇が這う。舌で愛撫されると、信じられないほど気持ちいい。

声にならない喘ぎを零す私の指を、一本一本、楓さんの舌が舐める。指の間を舌先で突かれた時は、達してしまいたいくらい気持ちよかった。

もう一方の手も、同じように愛され、私は早くも息が絶え絶えになっていた。それに構わず、楓さんは私のお腹にキスをし、秘められた場所は避けて太腿にキスマークを散らした。太腿を抱えたまま体をずらし、膝、ふくらはぎ、足首にキスが繰り返される。

「ぁ、ん……っ」

足の指を舐められた時、体が小さく震えた。気持ちいい、しか考えられない。

「桃香。うつ伏せになって」

「え……？」

「背中に触れたい」

するりと背中に廻された手が、つ……と背骨を撫でた。私が反射的に身を竦ませた時、楓さんの手で体勢を変えられる。

「うなじ……は、見えるか……」

そう言いながら、楓さんがうなじではなく耳の後ろに口づける。私は声を堪えて、羽毛枕を抱き締めた。

「耳、だめ……！」

「全部触ってと言ったのは桃香だ」

私の抗議を容易く封じて、楓さんの唇が後ろから耳朶を食んだ。優しく歯を立てられ、身震いするほどの快感が走る。

「でも、だめ……っ」

「そういう我儘は可愛いが」

楓さんの手が胸元に廻り、両の乳首を摘まみ上げる。

「ふ、あっ……っ！」

くりくりと乳首を捏ねられ、摘ままれ、弾かれる。一気にそんな刺激を与えられたから、耐えられない。

「ん、んん……っ！」

私が羽毛枕に顔を埋めて嬌声を堪えたら、枕が抜き取られた。

「君が縋っていいのは俺だけだ」

「だって……ん、あっ、あ……っ」

愛撫される度、乳首が硬くなっていくのがわかる。楓さんの綺麗な指が触れていると思うと、快感が深くなった。

「いい子だ。おとなしく感じていればいい」

囁いて――この蜂蜜より甘い声は毒だと思う。楓さんは、私の背中を愛撫し始めた。

背中に視線を感じ、居たたまれない。隠そうにも、私は身を隠すものがない。

「……あんまり、見ないで……」

「綺麗だ。――黒子もないんだな」

するりと楓さんの手が両の脇腹を撫で、体のラインを確かめるように動く。そのやわらかな刺激に、剥き出しにされた背中が震えた。

うなじにキスした唇が、時折痕を残しながら背骨の上を伝っていく。肩甲骨を軽く撫でられ、体が跳ねる。楓さんは腰骨の辺りまでキスした後、私のお尻を撫でた。

「白くて引き締まって、形もいい。着物が似合うヒップラインだな」

「着物……？」

「正月は着物を着て、そのままするのもいいか」

何てことを言うのか。真っ赤になった私を揶揄うように、楓さんの手がお尻を揉む。

「褒めたのに。君の体は綺麗だ」

「そん、な……っあ、ん……っ」

ちゅ、とお尻にキスして、楓さんは私の体を仰向けに戻した。

「指だけじゃ足りない顔をしてる」

そう笑って私の乳房に噛みつき、ぱくりと乳首を食べた。芯を持った乳首をころころと舌で転がし、舐める。時々吸い上げては離れ、またやわく食む。

「あ……ぁあ、……っあ……！」

そんな繰り返しに、私の体は急速に高められた。さっき触れられなかった場所が潤んできた気がした時、楓さんはもう一方の乳首に吸いつきながら、私の秘所を弄った。

「ん、っ……あぁ……っ」

とろとろと愛液が溢れているだろう場所に、楓さんの指が当てられる。蜜を止めるように触れられたのに、その微かな刺激にも私の体は反応してしまう。

「溢れてくる」

「や、……っ」

「本当に――君の体は素直で可愛い」

柔肉の間を指がくすぐり、閉じた蜜壺を探る。その繊細な指の動きに、私は息を呑んで嬌声を堪えた。

「っ……ん、ぁん……っ！」

溢れる蜜を塗り込めるように指を動かされ、私は短い呼吸を漏らした。過敏なほど反応する場所で、楓さんの指がいやらしく蠢いている。

「あ、ん……！」

くちゅくちゅと音を立てながら、指が胎内に入ってくる。長い指が狭隘な蜜路を押し広げ、抽挿を始めた。

「ん、あ、っぁ、ん……っ」

濡れた音と甘ったるい声が聞こえ、耳を塞ぎたくなる。けれど楓さんはそれを許さず、私の更に奥に指を突き入れた。

「あ……！」

ぐっと挿入ってきた指に、弱い部分を擦られた。電流のような快感が体を駆け抜け、私は喉を晒して仰け反った。

「ああ。君は、ここが好きだったな」

「好き、じゃなく……て……ぁ、ん、んぁ……っ」

「好きじゃない？　なら、やめようか」

そう言って、楓さんはソコを擦り上げるように指を回転させた。あまりの快楽に、息ができなくなる。

「……っ、ふ、ぁ……っ……」

「桃香。嫌ならやめる」

「やぁ……っん、あ、ん……、んっ……」

ぐいぐいとそこを擦られ、トントンと押される。軽く引っかくように指が曲げられた時、目の前が真っ白になった。

「っん、あ……あ、ぁあ――……っ」

「イッた？　嫌じゃなかったのか？」

笑いながら指を抽挿する楓さんは意地悪だ。だけどそれを咎める暇もないくらい、快感が腰を貫いている。

「ぁ、ん、ん……、それ……だ、め……っ」

「どれ？」

「ぐりぐり、しないで……っ」

「嫌か？」

楓さんの指がくちくちと抜き差しされる度、浅いところが擦れて気持ちいい。良い部分を刺激されると、強い快楽が走る。強弱のある快感に翻弄され、私は浅い呼吸を繰り返した。

「答えなさい、桃香。嫌か、嫌じゃないのか」

「ん、ぁ、イイ……」

「気持ちいい？」

誘うように囁かれ、私は何度も頷いた。

「イイ、きもち、い……っ」

「やっと素直になった」

私の眦にキスをして、楓さんが体中に唇を這わせた。鎖骨を噛み、乳房の形をなぞるように吸いつき、おへそを突ついた後、軽く広げた脚の間に口づけられる。

「っん、ん……！」

いつの間にか指は二本に増え、私の胎内で好きに動いていた。好い部分を掠めたり、押したりされる度、嬌声が溢れそうになる。

「見えないだろうが、赤くて可愛い。蕾みたいだな」

楓さんが、私の淫核に吸いついた。途端、どくりと蜜が溢れたのがわかる。力の入らない下半身は彼にがっちり固定され、陵辱にも似た愛撫を受け入れていた。

「っぁあん……っ、……ふ……んぁ……っ！」

私のナカから愛液が溢れる度、楓さんがそれを吸り、飲み下す音がする。蜜ごと淫核を吸い上げられた時、知らず腰が揺れた。

尖らせた舌で突つくように弄られたかと思うと、今度は唇で優しく食べられる。熱い口内で舌全体を使って包み込まれ、舐られる。ねっとりとした愛撫に、私の体は戦慄いた。

「ん、っん……あ、あん……っ」

狭い蜜路は、溢れた蜜を押し込むように抽挿され、自分でも恥ずかしいくらい濡れていた。それを啜りながら、楓さんの指が、唇が、舌が――私の羞恥心を剥ぎ取り、花を開かせていく。

「っあ、ん……！」

腰だけでなく両脚も揺れ、私は裏手でシーツを握り締めた。もう、下半身は私自身でもどうにもできないくらい、快感に溺れきっている。

「かえ、で、さ……っ」

だから、その快楽に思考まで支配される前に、言っておきたかった。

「ん？」

くちゅ、と溢れた蜜で濡れた唇を拭い、楓さんが顔を上げた。その動きすら快感に繋がってしまう。

「も、挿れて……」

「まだ解せてない」

「私、わからなく、なるから……、だから、っん……！」

彼が話す度に呼気に触れて震える淫核が、快感を伝えてくる。それに溺れる前に、言っておきたい。

「はやく、一杯にして……！」

私が、思考を手離す前に。

「楓さんに、抱かれてるって……わからせて」

わかってる。私を抱くのは楓さんだけだ。それでも、挿入の瞬間は体が怯えてしまうから、ちゃんと確かめたい。楓さんに抱かれているんだと、安心したい。

そんな私の気持ちに気づいたのかどうか、楓さんが乱暴に指を抜いた。唐突に消えた異物感と快楽に、戸惑った私は彼を見つめた。

「本当に、いちいち俺を煽る」

そう言って、楓さんは私の腰を抱いた。熱い昂りが蜜口に当てられ、その先を想像して体が歓喜を覚えた。

「男を煽るとどうなるか」

体で覚えろとばかりに、楓さんは一気に最奥まで抉ってきた。

「あ……っぁあ、……っあ、ん……！」

軽く達した私の前髪を払い、汗で濡れた額にキスをくれる。

「どこまでもいやらしい体だ」

「や……っ」

「そう言っただけで、ぐちゃぐちゃになって俺に絡みついてくる」

「ぁ、ん……っ」

軽く揺すられたら、もう駄目だった。気持ちよくて、何もわからなくなる。

「俺が教えたとおり、いやらしく動いて」

「あ、……っん、んぁ……っ」

「本当に、可愛い声で啼く」

淫らな言葉を囁き、楓さんが律動を開始した。いつもより少し速いその動きに、私のナカが逆らい、押し戻そうとしたかと思うと、今度は引き込むように蠢いた。

自分の体の淫らさに、羞恥心が刺激される。それすら快感に変えてしまうのか、私の胎内が収縮した。

「本当に……、君はいやらしくて綺麗だ」

「ぁん、あ、んぁ……っ」

「どこもきつくて狭くて……そのくせ俺を離さない」

吸いついてくる、と楓さんは息だけで笑った。律動がゆっくりしたものに変わり、丁寧に私のナカを穿っていく。

ぬぷぬぷと音がして、楓さんが何度も出たり挿入ったりする。殆ど先端まで抜いたかと思うと、次の瞬間には根元まで咥えさせられる。その動き方が不規則で、私の体は次の快感を追うことに夢中になった。

「ん、あん、ん、あ……っあ……！」

どこまでも甘ったるい声が、私の耳を打つ。それを聞きたくないのに、敏感になっている私の五感は、色々な感覚を拾い上げる。

楓さんの息遣い、肌を打つ音、時々くれる甘いキス。腰と腰がぶつかる度、挿入が深くなり、抽挿が潤滑になる。

私のナカはぐちゅぐちゅと泥濘んで、楓さんに絡みついていた。うねる波のように、内襞が蠢いていて——それが締めつけている楓さんの熱さが、私の思考を蕩けさせてしまう。

「……っ、桃香」

私の両脚は楓さんの腰に絡みつき、離すまいとしている。意識下にない行動に自分の本心を暴かれたようで恥ずかしいのに、体は動いてくれない。

「ん、あ、きもち、い……、あ、そこ……！」

「ここ？」

今までになく奥深くまで挿入ったところで、先端の硬い部分がぐりぐりと擦りつけてくる場所が気持ちよかった。ふわふわした浮遊感に包まれ、全身を快楽だけが支配する。

「ん、そこ……きもち、いい……っ」

「わかった」

とろとろと溢れる蜜を絡めながら、楓さんが深く律動する。激しい、乱暴なほどの動きが最奥の一点を突く度、快感が強くなる。

「は……ぁん……っ、っあ……ん……、ん……っ」

一番奥まで貫かれ、抜かれ、また貫かれる。その度に達してしまいそうなくらい気持ちよくて、私は高く啼くことしかできない。

楓さんの律動が更に速くなり、私を高みに追い上げていく。眼裏がちかちかして、目を開けていられない。でも、楓さんの顔を見たい。

「も……、いっしょ……イッて……っ」

ねだる私に、楓さんが小さく頷いた。私は両手を伸ばして楓さんの首に抱きつき、彼の律動に合わせて腰を揺らした。

気持ちいい。気持ちよくて、私、おかしくなってる。

楓さんが一際強く突き上げてきた瞬間、私は絶頂を迎えた。

「あ、や、イク、あ、っあああ――……っ！」

私のナカが、今まで以上に淫らに動いた。絞り上げるように楓さんに絡み、きゅうっと締めつける。

「く……っ」

低く呻いて、楓さんが淫蕩に蕩けた胎内に精を放った。その瞬間、私が感じたのは紛れもない幸福感だった。

「……、あ……っ」

どくどくと注ぎ込まれる精の熱さに放心していると、楓さんが自身を抜いた。まだ力の入らない私の髪を撫で、小さくキスしてくれた。

「……ん……」

気持ちよくて目を閉じて――まだ、足りない気がした。

「楓、さん」

「ん？」

「もう一回……して？」

駄目？　と問いかけると、驚いたように私を見ている。

「いやらしい私は、やっぱり駄目……？」

「駄目なわけがない」

けれど、と楓さんは躊躇った。

「体力的に、きついだろう？」

「うん……でも、もっと楓さんが欲しいの」

そう言って、私は楓さんの男性の証に手を伸ばした。

「桃香」

困った顔をする楓さんの瞳にも、まだ熱が宿っている。快楽の残り香を掻きたてるように、私は指を動かした。

「……っ、どこでこんなこと覚えてきたんだ」

「したいって思うなら、こうするんでしょ？」

私の手の中の楓さんは、熱くて大きくて——硬さを取り戻しつつある。

私がそっと手を離すと、楓さんは横たわったまま、私の体を反転させた。後ろから抱き込まれる形になった私が戸惑っていると、ゆっくり楓さんが挿入ってくる。

「っ、あ……」

優しい挿入は、違和感も異物感もない。ただ、快楽だけがある。

後ろから廻された手が乳房をやわやわと揉み、首筋を唇が這った。思い出したようにちゅっと吸い上げられ、ふんわりした快感が走る。

「ん……っ、ぁん……っ」

抽挿も、どこまでも穏やかだった。さっきまでの激しさが嘘みたいに静かに、楓さんが昂りを抜き差しする。肌の擦れる感触、胸への愛撫、どれもが緩やかなのに、気持ちいい。

楓さんの先端が気持ちいいところを掠め、私のナカがきゅっと反応した。それを確かめるみたいに、強めに擦られる。硬い部分で弱い柔襞を直接擦られる快感に、声が抑えきれない。

「っん、ぁ、あ……っ」

「ゆっくりでも、気持ちいい？」

「だめ、きもち、い……っ」

緩く首を振った私の花芽を、楓さんの指が嬲る。敏感なそこに指を当てられ、潰すように押されたり、円を描きながらなぞられると、私の快感は、どこに集中していいかわからない。胸も、ナカも、淫核も——どこも気持ちよくて、おかしくなる。

「か、えで、さ……っ」

なのに、私の声はもっと深い快感をねだる。本当に淫乱になってしまった気がする。

楓さんは私の体を動かし、後背位を取った。ぐっと深くまで押し入ってきた熱に、隘路が締まった感覚がする。

「ぁん、ん、あ……っ、あぁ……！」

ずぶずぶといやらしい音がして、楓さんが律動する。私が一番感じる動き方で腰を使われ、私は両手でシーツを握り締めた。

「イッたばかりだからか、いつもよりやわらかい」

するりと私の腰を撫で、楓さんが満足そうに呟く。その声すら蠱惑的で、私の体ではなく精神が快楽を得る。

「腰も、君のナカも、いやらしく動いてる」

「ん、だって……っあ、ん、きもち、いい……っ！」

嬌声の合間に何とか答えた私の背に、楓さんがキスを落とした。

「どこを触っても、可愛い反応をする」

「や、だめ、とまらない、で……！」

もっと激しく突いてほしいとすら願った私に、楓さんは応えてくれた。抉るように貫き、引き絞る粘膜に逆らいながら抜く。ナカが芯を失いかけたところを、また穿つ。

「……こんな単純な動きなのに」

吐息を漏らし、楓さんが呟いた。

「どうしてこんなに気持ちいいんだろうな」

「わか、ん、ない……っ、あ、あん、ぁん……！」

ぐっと抱えた腰を揺さぶりながら抽挿され、私は快楽だけを与えられる。痛みも異物感もなく、私のナカに楓さんがいるのが当たり前のことみたいに、全身が悦んでいる。

「……っ」

楓さんの息が乱れ、律動が更に激しくなって。

硬い先端が子宮に届いたんじゃないかと思うくらい、深く深く穿たれた時。

私は快楽の頂点に達した。

「……桃香」

楓さんが私を呼びながら抱き締めて——ナカで爆ぜた。熱い、どろどろしたものが注がれていく感触に陶然としながら、私は意識を手放した。

エピローグ

年末も近い日曜日。今日は、桃香の家族に会う日だ。

結婚以来一度も顔を合わせたことがなく、それを放置していたら離婚を勧められた身としては、この辺りできちんと彼女の家族に挨拶したい。

そう言った俺に、桃香は困ったような顔をした。何故困るのか。

「だって……うちの両親も姉も、恩知らずなこと言ったし。楓さんが誠意を尽くす必要はないと思う」

「俺はきちんと君と恋愛結婚したんだと知ってほしい」

「れんあいけっこん……？」

呟いて、桃香はぽかんとした顔で俺を見つめた。

「……恋愛結婚だろう。契約書は破棄したし」

すべての契約を破棄した以上、俺たちは恋愛結婚だと思うんだが。

「でも私、プロポーズもされてないし」

「した方がよかったか？」

「……少しくらいは、夢を見たい」

桃香の言葉に、俺は今更慌てた。——プロポーズ。結婚しているのに。答えは諾とわかっているが、だからといって適当な言葉でいいわけはない。

「……わかった。一週間くれ。その間に、君が納得してくれるプロポーズを考える」

「納得じゃなくて、喜べるプロポーズがいい」

難易度が上がった。頭を抱えたくなった俺に、桃香はくすくす笑い出した。

「大丈夫。愛されてる自信はちゃんとあるから」

「わかるのか？」

「それ、食べてくれてるもの」

桃香の視線の先には、タコとキュウリとわかめの酢の物がある。

「キュウリは嫌いなのに、私が作ったって言ったら食べてくれてる」

「……君が作ったんじゃないのか？」

「私が作ったけど。……食べてくれるかなって、心配はあった」

だって初めての手作り、食べてもらえなかったし。

そう微笑む桃香に、俺は降参した。全面的に、俺が悪い。

――そうして出かけた眞宮家で、やや緊張しながら挨拶した。桃香の家族には嫌われたくないので、言葉も態度も借りてきた猫のように振る舞った。

今後も、眞宮不動産の経営状況が改善するまでは援助したい。俺の言葉に、桃香の家族は申し訳なさそうに顔を見合わせた。

「水野さんからの援助もあるかもしれませんが……私が桃香さんと結婚する時に、彼女からの条件として提示されたものですから」

俺たち夫婦の今後の安寧の為に、援助を受けてほしい。そう頭を下げた俺の隣で、桃香は憮然としている。

「お父さん。援助を受ける側が、相手に頭を下げさせるっておかしくない？」

「そ、そうだな。……一ノ瀬さん」

「楓さん」

義父に俺の呼称を修正させる桃香は、真面目だと思う。

「楓さん。……これからも、娘ともどもよろしくお願いします」

「こちらこそよろしくお願いいたします」

深々と礼をし合った俺と義父を無視し、桃香は梨香さんに念押しした。

「お姉ちゃんも。私たち夫婦のことは私たちが決めるから、もう二度と、楓さんにヘンなこと言わないでね？」

以前電話で話し、理解してもらったと言っていたが、まだ不安はあるらしい。確かに、直接表情が確かめられる方がわかりやすいだろう。桃香の言葉に、梨香さんは神妙に頷いた。

「うん。もう余計なことは言わない。楓さん、すみませんでした」

「いいえ。私もこちらに伺うこともしなかったものですから」

互いの非礼を詫び合って、昼食を共に摂って——俺たちは眞宮家を後にした。


明日から二日ほど出社したら、年末年始の休みになる。それに合わせて、新婚旅行の日程を組んでいる。

「まさか荷造りしないなんて」

「必要なものは、向こうで買えばいい。晩餐会用のドレスやら何やらは、あっちの家で用意させてある」

モナコのユベールの誕生祝いの晩餐会は、一ノ瀬グループとしても必須だ。それに出席するという社用を理由に、比較的ゆったりしたスケジュールにできた。

「スキンケア用品は持っていきたいの」

「手荷物一つくらいなら、俺が持つから大丈夫だ」

俺が答えると、桃香は嬉しそうにバッグに荷造りし始めた。

「フランス、久しぶり」

「フランス古典の……誰だったかな、ヴァレス博士だったか。その人にアポは取った」

「ジョスラン・ヴァレス博士⁉」

ぱっと振り向いた桃香が、俺に掴みかかりそうな勢いで問いかけてきた。

「そう、確かそんな名……うわ、待て桃香」

「ありがとうありがとう、楓さん大好き、もうそれがプロポーズでいい！」

桃香はがばっと俺に抱きついて、聞き捨てならないことを言う。

「俺の愛はフランス古典には敵わないのか」

「想い続けてきた年月の差がどうしても」

「せめて形だけでも否定してくれ」

そうは言っても、桃香がこんなに喜んでくれるのは嬉しい。これだけ喜びを露わにしたのは、聖騎士の複製画を贈った時以来だ。

「プロポーズは、ちゃんとする」

「うん、できなくてもいい、大好き、絶対ＯＫするから大丈夫」

「なら、奥さん。プロポーズは、ベッドの中でさせてほしい」

「……えっと」

ふいっと俺から離れようとした桃香を、ぎゅっと抱き締めた。

「絶対ＯＫなんだろう？」

「……もう！」

ぷうっと頬を膨らませた桃香に軽くキスをしたら、顔を背けて「いいけど！」と答える。半年前に比べて、桃香は色々な顔を見せてくれるようになった。

「愛してる」

真っ赤になった彼女の耳元に俺が囁くのは、彼女だけに捧げる求愛の言葉。

恋愛小説「エタニティブックス」の人気作を漫画化!
漫画 繭果あこ
原作 流月るる
夜毎、君とくちづけを 01
yogoto kimi to kuchizuke wo
Eternity COMICS
うそだ
儀式中にも濡らしてたくせに
んく
じゅるっ
大手総合商社で仕事に励む真雪(まゆき)は、将来有望な同期の上谷理都(かみやりつ)をライバル視していた。極力接触を避けていた真雪だったが、ひょんなことから彼と二人で、とある神社の“試練の祠”を壊してしまう。しかもその祠を壊した者には、命の危険もあり得る災いが降りかかるそうで!? それを回避する方法はただ一つ。一ヶ月間毎日、二人が『接吻(ディープキス)による唾液の交換』をすること――!?
無料で読み放題
今すぐアクセス!
エタニティWebマンガ
B6判 定価:704円(10%税込)
ISBN 978-4-434-33084-1
毎夜20時58分の
やましい秘めごと

この作品に対する皆様のご意見・ご感想をお待ちしております。

おハガキ・お手紙は以下の宛先にお送りください。

【宛先】

〒150-6008 東京都渋谷区恵比寿4-20-3 恵比寿ｶﾞｰﾃﾞﾝﾌﾟﾚｲｽﾀﾜｰ 8F
（株）アルファポリス　書籍感想係

メールフォームでのご意見・ご感想は右のＱＲコードから、
あるいは以下のワードで検索をかけてください。

ご感想はこちらから

御曹司（おんぞうし）は契約妻（けいやくづま）を甘（あま）く捕（と）らえて離（はな）さない

神城 葵（かみしろ あおい）

2023年 12月 25日初版発行

編集－木村 文・森 順子
編集長－倉持真理
発行者－梶本雄介
発行所－株式会社アルファポリス
〒150-6008 東京都渋谷区恵比寿4-20-3 恵比寿ｶﾞｰﾃﾞﾝﾌﾟﾚｲｽﾀﾜｰ8F
TEL 03-6277-1601（営業） 03-6277-1602（編集）
URL https://www.alphapolis.co.jp/
発売元－株式会社星雲社（共同出版社・流通責任出版社）
〒112-0005 東京都文京区水道1-3-30
TEL 03-3868-3275
装丁イラスト－唯奈
装丁デザイン－AFTERGLOW
（レーベルフォーマットデザイン—ansyyqdesign）
印刷－中央精版印刷株式会社

価格はカバーに表示されてあります。

落丁乱丁の場合はアルファポリスまでご連絡ください。

送料は小社負担でお取り替えします。


ISBN978-4-434-32921-0 C0093